偵探伽利略

探偵ガリレオ

東野圭吾
HIGASHINO KEIGO
王蘊潔——譯

導讀——
成為暖男之前，先用理性去看世界

推理作家 文善

要數近年華語地區人氣最高的作家，非東野圭吾莫屬。

《解憂雜貨店》、《嫌疑犯X的獻身》分別被日本和中國大陸改編成電影上映，《祕密》和《白夜行》也分別在日本和韓國多次被映像化，其他如《新參者》、《紅色手指》、《信》等，都是大家耳熟能詳的作品。大眾讀者都驚嘆他作品中對人性細緻的描寫，小說中的議題和角色們的互動就像一支緊湊曼妙的舞，帶來一種特別的溫度。

然而有些讀者也許不知道，在這溫度的背後，走過的是一段理智和計算的漫漫長路。

在大阪府立大學工學院畢業前，東野圭吾自知成績考不上「老奶奶也知道的企業」，於是早早下決心找不是一線大企業、但仍具規模的公司，還巧妙地擊退了競爭對手拿到推薦。

一九八五年，憑《放學後》拿到江戶川亂步獎後，讓他決定辭職到東京當作家的，是「現金流分析」——《放學後》賣了十萬本，假設以後的作品有十分之一的銷量，每年寫三本的話版稅收入就和當時的薪水差不多。這連本來想責備他魯莽辭職的編輯也不禁無言。

之後十年，東野圭吾不但是個多產的作家，也在小說中嘗試了很多不同的題材。可是歸根究柢，是他沒有大紅大紫，他也在後來的訪談中坦言，為了生活，只有持續地寫，就能一直有版稅收入，也不會被讀者和出版界遺忘。

這種計算，也可見於《偵探伽利略》。

雖然這是他「一直想以理科知識寫小說」的實踐，但這部作品並不是複雜物理詭計的本格推理，而是帶有理科趣味的短篇小說——也是後來在電視上被福山雅治演活而家傳戶曉的角色——湯川學的登場作。

《偵探伽利略》結集了東野圭吾在小說雜誌《ＡＬＬ讀物》的五篇短篇。首作〈燃燒〉發表於一九九六年十一月號，〈複製〉刊於一九九七年三月號，〈壞死〉在一九九七年六月號，〈爆炸〉在一九九七年十月號，〈出竅〉於一九九八年三月號，並在一九九八年由文藝春秋結集出版。

《ＡＬＬ讀物》是文藝春秋出版的娛樂小說雜誌，算不上文學而是消閒小說。首發〈燃燒〉的主題，是勘稱現代不思議之謎的「人體自燃」（spontaneous human combustion）。東野圭吾透過湯川學這位喝即溶咖啡、對人總是一副冷冷的態度、除了研究對其他事都不大感興趣的物理學副教授，漂亮地以科學原理解開了謎團。之後幾篇也是以科學知識，解決了看似不可思議的離奇案件。由於是刊載於娛樂向的小說雜誌，謎團簡單但又不失趣味，篇幅不長但卻把湯川學的性格立體地呈現在讀者面前。

這個始於理性的系列，卻又發展成衝擊讀者感性的作品：《嫌疑犯X的獻身》圍繞最極致的愛；在〈燃燒〉中不能向小孩問話的湯川學，在《真夏方程式》裡卻和小孩有一段感人的忘年之交。

從《偵探伽利略》於一九九八年出版至今，理性的湯川學也展現了暖男的一面；而東野圭吾，以他理科的視野寫下人性的種種，成為了連老奶奶也知道的作家。

目錄

第一章 燃燒

1

「轉過頭，他臉上戴著一張面具，那是一張毫無表情的銀色金屬面具。每當他想隱藏內心的感情時，總是使用這個面具，當初製作時完美貼合他的臉頰、脖頸和眉宇。他的面具發出冷光，手上拿著兇殘的武器，目不轉睛地看著。他手上拿的武器是──」

當他朗讀到這裡，聽到機車引擎聲逐漸逼近。他拿著雷・布萊伯利的《火星紀事》站在窗前，把窗簾拉開一條細縫。

他在二樓東北側的邊間，從東側的窗戶看向左下方，可以看到北側那條路盡頭的T字路口。

今天晚上有三輛機車，但總共有五個人，這意味著有兩輛機車是雙載。他們八成是故意發出惱人的引擎聲，紛紛前往老地方聚集。

所謂老地方，就是東側那條馬路的盡頭。那裡是公車站，有幾張為白天等公車的人準備的長椅，旁邊還貼心地設置了飲料的自動販賣機。那些騎機車的年輕人似乎很喜歡坐在那裡沒完沒了地大聲瞎扯。

他們並不是飆車族，看起來像普通的年輕人。有兩個年輕人把頭髮染成棕色，一名年輕人穿著褲腰滑到腰下的垮褲。其他兩個人沒太大的特徵，只是其中一人的頭髮留到肩膀的長度。

但是，不能因為他們外表看起來正常，就對他們比飆車族更寬容，他忍不住這麼想。

他翻開手上的《火星紀事》，目前看到「一九九九年二月　伊菈」這一章的一半。這一章不知道已經重讀了多少次，有好幾個段落都已經可以背出來了。按照目前的情況，不知道什麼時候才能讀完。

其中一個年輕人不知道大叫著什麼，其他幾個人聽了大笑起來，這一帶深夜之後，幾乎沒有車輛經過，他們的聲音在寧靜的社區內迴盪。

他離開窗前，把文庫本放在桌上後，走向房間角落的電話。

向井和彥染了一頭棕色頭髮，他把頭髮綁在腦後，希望藉此讓自己看起來有點與眾不同。

他今年十九歲，一年半前從高中畢業後進了一家代客油漆公司任職，但工作時間長，薪水卻微薄，他很快就厭倦了那份工作，三個月前離職了。工作一年多賺的錢買了一輛二手機車之後，其他都貢獻給電玩了。他和父母同住，生活並不會有問題，只不過父母看到兒子整天遊手好閒很囉嗦，他每次都覺得煩透了。正因為不想看到父母，所以深夜還在外面遊蕩。

他叼著萬寶路菸站在自動販賣機前，投入硬幣後，按了可樂的按鍵，可樂罐隨著咕咚咚的聲音掉了下來。

他拿出可樂後，不經意地看向自動販賣機旁，發現那裡有以前沒見過的東西。旁邊堆放了四個裝啤酒瓶的塑膠箱，塑膠箱上方有一個看起來像運動袋大小的四方形東西，用報紙包了起來。和彥覺得有點奇怪。這裡的自動販賣機並沒有賣啤酒，而且那包東西會是什麼呢？

但他並沒有對這些東西產生太大的興趣，打開可樂的拉環喝了起來，加入了其他人的聊天。其他四個人正在聊最近去鬧區認識的幾個女高中生。不知道哪個女生看起來最容易騙上床？——反正每次聊著聊著，就會聊到這個話題。

其他四個人並不算是和彥的朋友。他不需要這種麻煩的關係，只要能夠開心玩在一起就夠了，如果別人對他有更多的期待，也會讓他很傷腦筋。

其中一個叫山下良介的人開始聊他上次把到的一個女生。他很滿意自己的一頭長髮，說話時總是用雙手把頭髮往後撥。和彥站在自己的機車旁聽他吹噓，另外三個人中的兩個人坐在長椅上，另一個人跨坐在機車上。

「結果一進房間，她還是叫我要用套子。因為我想玩不戴套，原本想唬弄她一下，沒想到那個女生竟然自己帶了套子，所以我只好戴上了，但在戴上去之前，用指尖把前面摳破了，這不就和沒戴套一樣了嗎？她以為我戴了套，所以就放了心，我就痛痛快快地射在她裡面。雖然她事後嘰嘰歪歪，但我反駁她說，套子破了又不是我的錯，而且留給她的名字和電話全都是假的。」

山下良介似乎覺得這件事很值得炫耀。因為他說話時，鼻孔比平時撐得更大。

「你這傢伙太過分了。」

「她搞不好懷了你的種。」

其他幾個人嘻皮笑臉地表達了感想，山下良介似乎對大家的反應很滿意。

「關我屁事啊，如果不爽，不要打砲就好了啊。」他囂張地說完，可能想再說一、兩句厚顏無恥的話，所以又習慣性地用雙手撥了撥瀏海。

當他準備開口時，突然瞪大了眼睛，同時發生了令人難以置信的事。

山下的後腦勺突然燒了起來，火勢迅速蔓延到他整個腦袋。

山下還來不及叫出聲音，就像一棵著了火的大樹倒下來般，緩緩向前方倒了下來。

和彥和其他三個人完全無法發出聲音，只是茫然地看著眼前好像慢動作般的影像。

但其實他們發傻的時間只有幾秒鐘而已。和彥的右眼掃到剛才報紙包起的東西燒了起來，同時憑直覺察覺到自己有危險。

就在這時，隨著劇烈的爆炸聲，火焰也撲向他的身體。

2

警視廳搜查一課的草薙俊平開著愛車抵達現場時，火勢已經撲滅，消防隊人員也正準備離開。看起來像是看熱鬧的民眾也紛紛離開了現場。

草薙下了車，正準備走去現場時，一個身穿紅色運動服的女孩從前方走了過來。她的身體和臉都很圓，年紀看起來大約快上小學了，不知道為什麼，她抬著頭走路，好像在找什麼東西。

這樣走路很危險喔——草薙正準備提醒她，女孩似乎被什麼絆了一下，整個人往前撲倒在地上，立刻大聲哭了起來。

草薙慌忙跑過去把她抱了起來。她的膝蓋流血了。

「啊，真是不好意思。」看起來像是女孩母親的女人跑了過來，「我不是叫妳不要一個人走嗎？所以我剛才就說妳在家裡等就好。」

比起責罵女兒，最好不要深夜跑來火災現場看熱鬧。草薙很想這麼對那位母親說，但最後還是沒有吭氣，把女孩交給了她的母親。

「因為我看到紅色的線了嘛，真的有看到啊。」少女哭著說。

「根本就沒有啊。唉，妳看衣服都弄髒了。」

紅色的線是什麼？草薙感到納悶，離開了那對母女。

來到現場，發現幾個男人聚集在變得焦黑的馬路中央，其中一人是草薙的上司間宮警部。

「不好意思，我來晚了。」草薙小跑過去說。

「辛苦了。」間宮輕輕點了點頭。他身材矮胖，脖子也很短。雖然長相很溫厚，但眼神很犀利。比起刑警，他看起來更像是工夫到家的手藝人。

「是人為縱火嗎？」

「不知道，目前還不清楚。」

「有汽油味。」草薙吸著鼻子說。

「聽說是裝在塑膠桶裡的東西燒了起來。」

「塑膠桶？這裡為什麼會有那種東西？」

「不知道，你自己看啊。」間宮指著倒在路旁的東西。

那的確是裝煤油用的塑膠桶，以側面為中心燒掉了一大片，幾乎已經看不出原來的形狀。

「要向被害人瞭解情況後才能判斷，光看現場，完全不知道到底發生了什麼狀況。」間宮搖著頭。

「被害人是？」

「五個不到二十歲的年輕男人。」間宮又冷冷地接著說，「其中一個死了。」

正在做筆記的草薙抬起了頭。

「被火燒死了嗎？」

「是啊，他好像剛好站在塑膠桶的前方。」

草薙心情鬱悶地記下了這件事。每次偵辦有人死亡的案子，心裡就很不舒服。

「你可不可以在附近稍微打聽一下？事情鬧這麼大，應該有不少人還沒睡，只要看到住戶的房間還亮著燈，就去問看看。」

「好。」草薙在回答的同時看向周圍，街角的一棟公寓吸引了他的目光。公寓的好幾個窗戶都亮著燈。

那是一棟老舊的兩層樓公寓，有好幾道門面對著東西走向的馬路，陽台似乎位在南側，也就是和馬路的相反方向。只有位在角落的房間有窗戶，應該只有位在東北側邊間的房間能夠看到案發現場的情況。

草薙走向公寓時，一個年輕人正準備走進一樓位在東北側邊間的房間，他從口袋裡拿出鑰匙插進門上的鎖孔。

「打擾一下。」草薙在年輕人的背後叫了一聲。

年輕人轉過頭。他看起來二十出頭，個子高大，穿了一件像是工作服的灰色衣服。不知道是否剛去便利商店，手上拎了一個白色塑膠袋。

「你知道那裡剛才發生了火災事故嗎？」草薙說明自己的身分後，指著T字路問。

「當然知道啊，太可怕了。」

「你剛才在家嗎？」草薙看著貼了「一〇五」牌子的門。

「嗯，是啊。」年輕人回答。

「事故發生前後，有沒有什麼異常狀況？比方說聽到了巨大的聲音，或是看到了什麼。」

「這我就不太清楚了，」年輕人偏著頭，「因為我正在看電視，但我記得那些人很吵。」

「那些人是指騎機車的那些人嗎？」

「是啊。」年輕人微微偏著頭，「每逢週末都這樣，雖然不知道他們是從哪裡來的，但有時候會一直吵到凌晨兩、三點。這一帶很安靜，環境很不錯……」

他輕輕咬著嘴唇，似乎克制著內心的怨氣。

上天懲罰了那些傢伙——草薙差點脫口說道，但還是把話吞了下去，因為說這種話太不厚道了。

「沒有人去勸告嗎？」

「勸告？怎麼可能？」年輕人聳了聳肩，輕輕笑了笑，「日本現在沒有人會做這種事吧。」

也許吧。草薙點了點頭，覺得他的話有道理。

「從你房間可以看到現場的情況嗎？」

「原本……應該可以看到。」年輕人的回答有點模稜兩可。

「請問這句話是什麼意思？」

草薙問，年輕人打開了門，「你進去看了就知道了。」

於是草薙走進室內察看。這是一間差不多四坪大的套房，進門後有一個小廚房。床、書架和玻璃桌子是他所有的傢俱，桌上放著無線子母機電話，草薙猜想這裡應該沒機會用到子機，書架上並沒有什麼書，倒是放了許多錄影帶和生活雜貨。

「呃？窗戶在哪裡？」

「在那後面。」年輕人指著書架說，「因為沒地方放，所以只能擋在窗戶前。」

「原來是這樣。」

「這樣似乎也能隔絕一些外面的噪音。」年輕人說。

「你似乎對他們很不滿。」

「住在這一帶的人都對他們很不滿啊。」

「是喔。」草薙看著連在電視上的耳機。應該是外面太吵，所以只能用這種方式看電視。既然這樣，即使有什麼可疑的聲音，他聽到的可能性也很低。

「謝謝你，提供了很大的參考。」草薙說。即使沒有任何收穫，也要基於禮貌對提供協助的民眾這麼說。

「請問……」年輕人問：「你也要去二〇五室瞭解情況嗎？」

「二〇五室就是你樓上的房間，嗯，我打算去問一下。」

「是喔。」年輕人似乎欲言又止。

「有什麼問題嗎？」

「嗯，那個……其實，」年輕人猶豫了一下之後開了口，「住在樓上的人姓前島，他的嘴巴有問題。」

「嘴巴？有問題是指？」

「他沒辦法說話，發不出聲音，那是不是叫啞巴人？」

「喔……」

草薙捏了一把冷汗，很慶幸年輕人告訴他這件事。如果不瞭解狀況就去查訪，一定會不知所措。

「要不要我陪你一起去？」年輕人問，「我和他的關係很不錯。」

「可以嗎？」

「沒問題啊。」已經走進屋內的年輕人又開始穿球鞋。

這個親切的年輕人名叫金森龍男。聽他說，住在二〇五室的前島一之聽力完全沒有問題。

「他的耳朵比我們更靈光，所以應該對那些傢伙製造的噪音很生氣。」金森走上欄杆已經生鏽的樓梯時說。

敲了敲二〇五室的門後，立刻有人應門。門打開了，從門縫中探出一張年輕人削瘦的臉。他看起來比金森小幾歲，下巴很尖，臉色很蒼白。

前島發現深夜來訪者之一是金森，似乎稍微鬆了一口氣，但看向草薙的眼中仍然充滿警戒。

「這位是刑警，正在調查剛才的火災。」

金森在說話的同時，草薙出示了警察證。前島猶豫了一下，最後還是打開了門。

這裡的格局當然和金森的房間一樣，但東側的窗戶並沒有像金森一樣被東西擋住。

草薙最先看到了和這個狹小的房間不相稱的高級音響設備，以及堆放在地上的大量錄音帶。草薙猜想他應該是重度樂迷。而且堆在牆邊的大量文庫本也令草薙感到驚訝。那些並不是雜誌，幾乎都是小說。

興趣是閱讀和音樂的年輕人——草薙在轉眼之間，就決定了對眼前這個姓前島的年輕人的印象後，認為他應該也很痛恨那些不顧及他人，製造噪音的傢伙。

草薙站在玄關問：「剛才的火災發生時，你人在哪裡？」

前島幾乎沒有露出任何表情，指了指地上，似乎表示他就在這個房間。

「你那時候在做什麼？」草薙又問了第二個問題。前島穿著POLO衫和運動褲，房間內也沒有鋪被子，所以應該還沒有上床睡覺。

前島轉向後方，指著放在窗邊的電視。

「他說在看電視。」金森說明了草薙也已經理解的事。

「在事故發生前，有沒有聽到什麼動靜，或是看到窗外有什麼狀況？」

前島的雙手插在運動褲口袋裡，有點冷漠地搖了搖頭。

「是喔……我可以進去看一下嗎？我想看看窗外的情況。」

前島聽了，輕輕點了點頭，然後把手伸向窗戶的方向，似乎請他進屋。

「打擾了。」草薙脫下鞋子走了進去。

窗戶下方就是南北向的馬路，路上沒什麼車子，在他看向窗外時，也完全沒有任何車輛經過。草薙想起金森剛才說，這一帶很安靜，環境很不錯。

事故現場的T字路就在左下方，目前仍然有幾名偵查員走來走去，努力尋找線索。

草薙離開窗前，不經意地看向旁邊的音箱。音箱上放了一本文庫本的書。是雷・布萊伯利的《火星紀事》。

「這是你的書？」草薙問前島。

前島點了點頭。

「是喔，這本書很費解吧？」

「你看過嗎？」金森問草薙。

「很久之前我曾經想看，但後來放棄了。我這個人的個性不適合閱讀。」

草薙想要搞笑，但金森沒有笑，露出驚訝的表情，前島不發一語地看著窗外。

這裡也查不到什麼線索——草薙做出了這樣的判斷。

「如果之後想到什麼，請隨時和我聯絡。」草薙留下這句話，離開了二〇五室。

3

草薙在發生那起離奇事件的第三天，造訪了帝都大學理工學院物理系第十三研究室。

草薙畢業於這所大學的社會學院，所以在求學期間從未踏進過理工學院，沒想到畢業超過十年，竟然還會來這種地方，連他自己都覺得好笑。

那棟四層樓的灰色大樓就是物理系。草薙自我分析，應該是自己天生對理工一竅不通的關係，所以光是仰頭看那棟大樓，就感到沮喪。

他要去的地方位在三樓。門上貼著寫了助理和學生姓名的紙，旁邊是顯示目前去向的磁性板。所有學生似乎都去上課了。草薙看了湯川名字的位置，發現顯示「在內」。看了看手錶，確認已經稍微超過約定的兩點後敲了敲門。

「請進。」裡面傳來一個聲音，他打開門，但看到房間內的情況，頓時愣住了。

室內沒有開燈，伸手不見五指。不，目前是白天，即使不開燈，光線也應該很充足，但不知道是否拉起了遮光窗簾，幾乎沒有光線從窗外照進來，簡直就走進了暗房。

「湯川，你在哪裡？」

草薙叫了一聲，突然聽到旁邊的機器啟動的聲音。那個聲音有點像馬達聲，而且是草薙很熟悉的聲音。

他在意識到那是微波爐聲音的同時，眼前出現了火光。仔細一看，桌上放了一台小型微波爐，燈泡在微波爐內發光，但不是燈泡正常發光的方式，而是火焰在燈泡內晃動。燈泡內的光越來越暗，最後消失了，窗簾也同時拉開。

「用這種方式來歡迎平日努力維持社會治安的草薙刑警，光的力道似乎太弱了點。」

身穿白袍的男人拉著窗簾邊緣站在那裡。他個子高大，皮膚白淨，戴了一副黑框眼鏡的高材生長相和學生時代幾乎沒什麼不同，整齊的瀏海剪到眉毛上方的髮型也和以前一樣。

草薙嘆了一口氣，忍不住苦笑起來。

「不要嚇我，都幾歲的人了，還在惡作劇。」

「你這麼說，可真讓人意外，我只是想用實際行動來表達願意向你提供協助。」

湯川把窗簾都拉開後，挽起白袍的袖子走向草薙，然後伸出了右手。

「最近還好嗎？」

「就這樣啊。」草薙回答的同時，和湯川握著手。湯川雖然看起來文質彬彬，但當年是羽毛球社的王牌選手。草薙曾經在練習時和他對戰過幾次，每次都陷入苦戰，草薙的右手被他用力握住，不禁想起當時的事。

「有多久了？」握完手後，草薙問。他是問他們上次見面的時間。

「最後一次見面是三年前的十月十日。」湯川回答，他的語氣充滿自信。

「是這樣嗎？」

「我們不是在川本的婚宴上見過嗎？那次就是最後一次，其他人都穿黑色禮服，只有你一個人穿灰色西裝。」

「喔。」草薙想起當時的事點了點頭。湯川說得沒錯。草薙看著湯川想，他的記憶力似乎也和以前一樣。

「大學這裡怎麼樣？你升上了副教授，各方面應該都很辛苦吧？」草薙看著朋友身上的白袍問。

「和之前沒太大的改變，而且我也已經習慣學生的素質逐年下降的現象了。」湯川一臉嚴肅地說，似乎並不是在開玩笑。

「你還真嚴厲啊。」

「倒是你，」湯川說，「應該很頭痛吧？尤其是這兩、三天。」

「什麼意思？」

「我自認猜到了你今天來這裡的目的，所以特地準備了這些。」湯川指著剛才的微波爐。

「對喔，你剛才好像說什麼表達願意提供協助。」草薙說話時，伸手想要摸微波爐。

湯川慌忙把插頭從旁邊的插座上拔了下來。微波爐背面的鐵板已經拆了下來，那裡裝了草薙完全看不懂的機器。

湯川接著打開了微波爐前面的門，把裡面的東西拿了出來。那是一個放在金屬菸灰缸裡的燈泡。

「這就是剛才那個魔術的真面目。」他說。

草薙打量著湯川手上拿的東西。

「我覺得只是一個普通的燈泡。」

「沒錯，它就是普通的燈泡。」湯川把它放在旁邊的桌子上，「微波爐的電磁波產生的感應電流，使燈泡內部的氙氣電漿化，於是就會發光。剛才除了紫色以外，還有綠色的光，所以可能混入了支撐鎢絲的銅片釋出的銅電漿。」

「電漿？剛才的是電漿嗎？」草薙問。他幾乎完全聽不懂湯川剛才說的話，但聽過電漿這兩個字。

「是啊，」湯川在旁邊的椅子上坐了下來，整個人重重地靠在椅背上，「現在你應該知道我剛才說的話是什麼意思了吧？因為我猜想你特地來找我，就是想瞭解有關電漿的情況。」

「真是服了你了。」草薙摸著脖子後方，隔著桌子，在湯川對面的椅子上坐了下來，「你怎麼會知道？」

「這並不需要動太多腦筋推理，之前的著火致死事件在我們之間也很有名，更何況死了人，你在警視廳搜查一課，偵辦這起案子的機率很高。更何況你在百忙之中抽空來這裡，不可能只是來找我敘舊。」

湯川完全說對了，草薙只能苦笑。

「嗯，就是這麼一回事。」草薙抓了抓臉頰。

「先來泡咖啡，但只是即溶咖啡。」湯川站了起來，在瓦斯爐上燒開水。

在他泡咖啡時，草薙拿出記事本，重新複習了整起事件的概況。

老實說，目前連警方也不太確定這究竟是一起刑案，還是只是單純的意外。

整理到目前為止已經掌握的線索，大致情況如下。首先，在花屋路這條冷清的路旁有一部分突然發生了火災，導致剛好在附近的五名年輕人中有一人死亡，其餘四人有不同程度的輕重傷。現場充滿了汽油味，在火場中發現了裝煤油用的紅色塑膠桶，所以認為塑膠桶內的汽油可能因為某種原因起火燃燒。只是目前仍然無法瞭解為什麼現場會有那種東西，那幾個年輕人聲稱那個塑膠桶和他們無關，也絕對不是他們點的火。

既然這樣，為什麼會突然起火？

有些媒體提出了「電漿說」。在容易打雷的天候條件下，當感應電流通過空氣等氣體物質時，可能會產生帶有強光和高熱，像火球般的電漿。這起事件也可能因為產生了某種電漿，引燃了塑膠桶內的汽油所致。顯然是因為電漿可以解釋某些超自然現象，所以這次也有人提出了電漿說。對警方來說，比起認為這是靈異現象或是超能力所致，電漿說還比較容易接受。於是決定調查一下電漿的問題，就派草薙來拜訪大學時的朋友湯川。

湯川拿了兩杯咖啡走了回來，兩個馬克杯都很醜，不知道是哪來的贈品，而且一眼就可以看出根本沒洗乾淨，但草薙還是說了聲：「啊喲，真是不好意思」，假裝很陶醉地喝了一口。

「你有什麼看法？」草薙把杯子放在桌上後問。

「對什麼的看法？」

「就是那起事件啊，你對花屋路的火災事件有什麼看法？既然你給我看這種實驗，是不是代表你也認為是電漿所致？」

「我之所以做這個實驗，是因為報紙上刊登了電漿說，我相信你應該也有興趣。我目前對這起事件沒有任何意見，可能是電漿所致，也可能不是，因為根本沒有任何資訊，所以也無法提出任何假設。」

「你對那起事件瞭解多少？」草薙問。

「當然只有報紙上刊登的內容而已，也就是說，」湯川喝了一口咖啡後繼續說了下去，「不知道什麼原因放在路旁，裝了汽油的塑膠桶突然起火，燒到了旁邊的年輕人——

就只知道這些。」

「你不能從這些情況中推理出什麼頭緒嗎？」

湯川聽了草薙這句話，噗哧一聲笑了起來。

「你別鬧了，如果不詳細調查在火場中找到什麼，根本無法推測出原因。我相信消防人員也一定這麼說。」

「在火場只找到那個塑膠桶，真的只有這樣而已。」

「我記得電視新聞的主播曾經質疑，塑膠桶內是否有什麼機關。」

「難道你認為我們想不到那些人說的意見嗎？鑑識人員卯足了全力調查，但還是沒有發現任何機關。」

「我對此深表同情。」

「別開玩笑了，我是真心來請教你。」

草薙一臉嚴肅地說，湯川微微聳了聳肩，然後露出了笑容。

「我告訴你一件有趣的事。美國相關單位徹底分析了說看到飛碟的人的證詞，發現超過百分之九十是看錯了，而且其中最常見的就是把天體誤認為是飛碟。金星所占的比例最高，甚至有人把月亮當成了飛碟。」

「你想表達什麼？」

「幽靈的真面目往往是很無聊的東西。有一個裝了汽油的塑膠桶，附近有幾名個性還不成熟的年輕人，結果那個塑膠桶著了火，原因不是很明顯嗎？」

草薙瞪大了眼睛。

「你是說他們說了謊，其實是他們自己點燃汽油嗎？而且做好了被燒得面目全非的心理準備？」

「我不知道他們是不是故意，也許是別人把那個塑膠桶放在那裡，那幾個年輕人並不知道裡面裝的是汽油。總之，目前並沒有證據顯示原因不在他們身上，不是嗎？他們應該有抽菸，而且身上應該也有打火機。」

草薙聽完湯川的意見，忍不住皺起眉頭。

「你別說這種讓人失望的話，這根本和我們課長沒什麼兩樣。」

「喔？搜查一課的課長也這麼說嗎？」

「他說應該是那些小鬼不慎引起火災。」

「這個意見很不錯啊，富有邏輯，也無懈可擊。」

「既然你堅持這種保守的意見，那我就給你一些新的線索。」草薙說完，從上衣內側口袋裡拿出一樣東西。

「這不是保守，而是富有常識。這是什麼？看起來像是小型錄音機。」

「這是我向其中一個年輕人瞭解情況時的錄音。他因為燒傷，嘴巴不太能動，但意識很清楚。總之，你先聽聽再說。」

草薙按下了開關，錄音機傳出輕微的說話聲。他把音量調大。

首先簡單確認了身分。年輕人叫向井和彥，今年十九歲。

接著進入了正題。草薙先發問。

（我想請教一下著火時的情況。在著火之前，有沒有什麼異常狀況？）

（異常……狀況？）

（任何情況都沒有關係。你當時在幹什麼？）

（我……我喔，嗯，好像在抽菸，然後聽良介吹牛。）

（其他人呢？他們在幹什麼？）

（沒特別幹什麼……都在聽良介吹牛。結果他突然燒了起來，我完全被嚇到了。）

（你是說塑膠桶燒起來吧。）

（不是……良介……是良介的腦袋。）

（腦袋？）

（頭髮……他後腦勺的頭髮突然噴火，然後就倒了下來……我嚇了一跳，但火勢轉眼之間就撲了過來……之後就完全搞不清楚狀況了。）

（等一下，你是不是說反了？是火先撲向你們，然後你朋友的頭燒了起來吧？）

（不是，不是這樣。是他的頭先著火，良介的頭先燒了起來。）

聽到這裡，草薙按下了錄音機的停止鍵。

「怎麼樣？」他看著湯川。

湯川不知道什麼時候做出了托腮的動作，但看他眼鏡後方的雙眼，就知道那並非代表他感到無聊。

「頭燒了起來？」

「似乎是這樣。」

草薙知道湯川似乎產生了興趣，內心偷笑著，拿出了一包香菸。他準備抽出一支菸時，湯川默然不語地指了指牆上的紙。那張紙上寫著「禁菸　別讓腦袋的血液循環更不靈光了」，草薙怏怏地把菸放回了口袋。

「頭、燒了起來。」湯川抱起雙臂，「就像火柴一樣，頭先燒了起來。」他開始低聲喃喃，「不是變魔術，卻燒起來？雖然有街頭藝人表演噴火，但他們的頭沒有燒起來。」

「但在這起事件中燒起來了，」草薙揮了揮拳頭，「頭先燒了起來。」

「屍體的情況如何？只有頭燒到嗎？」

「很遺憾，死者倒下後，似乎被捲入了塑膠桶汽油引發的火災，全身都燒得焦黑，無法判斷是哪裡先燒起來。」

湯川再度低吟了一聲，然後露出突然想起什麼的表情看著草薙。

「你們那位富有邏輯的課長怎麼解釋這件事？」

「他說是證人的錯覺。因為當時慌了神，導致記憶混亂。但即使問了其他幾個年輕人，他們也都說是那個叫良介的人頭先燒起來。」

「這樣啊。」湯川點了點頭，然後站了起來，「那就去看看。」

「去哪裡看看？」

「那還用問嗎？當然是發生離奇現象的現場啊。」

草薙打量湯川的臉片刻，猛然站了起來。

「好，我帶你去。」

4

現場是即使白天，交通量也很少的T字路，所以即使道路並不寬，草薙還是大剌剌地把自己的Skyline停在路旁。

事件發生時就放在一旁的飲料自動販賣機仍然留在現場，只是下半部分已經焦黑，櫥窗上貼了一張寫著「故障中」的紙。

「有『故障中』的說法嗎？」湯川看著那張貼紙小聲嘀咕，「只要寫『故障』這兩個字不就夠了嗎？」

「根據那幾個年輕人的證詞，」草薙無視湯川說的話，開始說明當時的情況，「死去的山下良介當時就站在這個位置。」他站在離自動販賣機大約兩公尺的位置。

「那個年輕人面對哪裡？」湯川問。

「應該面對自動販賣機，其他幾個人在他周圍。有兩個人坐在長椅上，另外兩個人在機車旁。」

「裝汽油的塑膠桶放在哪裡？」

「就放在自動販賣機旁。那裡有四個放中瓶啤酒用的塑膠箱，塑膠桶就放在上面。向井和彥證實，似乎外面包了報紙。」

「放啤酒的塑膠箱？」湯川巡視四周，「為什麼會有這種東西？」

「這也是令人費解的問題之一，」草薙指向馬路東側，「那裡不是有一塊酒舖的招牌嗎？目前知道應該是從那家店搬過來的。」

「酒舖的人說什麼？」

「他們說完全不知道怎麼會在這裡。」

「是喔，」湯川站在自動販賣機旁，右手的手掌水平放在胸前，「四個啤酒箱的高度差不多到這裡吧。」

「應該吧。」

「塑膠桶就放在這上面。」

「嗯。」

「然後，」湯川向馬路的方向走了兩公尺，「死者就站在這裡，面對自動販賣機。」

「就是這樣。」

「瞭解。」

湯川抱著雙臂，開始在自動販賣機周圍走來走去。草薙不敢打擾他，所以默默看著他。

不一會兒，年輕的物理學副教授停下腳步，抬起了頭。

「和電漿無關。」他說。

「是嗎？」

「你對這起事件有什麼看法？是有人故意幹的？還是突發的意外？你認為是哪一種

情況？」

「正因為不知道，所以才來向你請教。」草薙皺著眉頭，抓了抓頭，露出嚴肅的表情：「我認為是有人故意幹的。」

「有什麼根據？」

「當然是因為那個裝了汽油的塑膠桶，不可能有人覺得好玩放在那裡，絕對是有人為了引發那起火災而故意放在那裡。」

「我也有同感。所以，接下來該考慮的就是如何引發火災。我可以斷言，在現實生活中，不可能在任意的場所產生電漿，讓塑膠桶燒起來，而且事後不留下任何痕跡。」

「但你剛才不是讓我看到了電漿嗎？」

「如果可以把這整個現場放進微波爐內，當然就另當別論了。」湯川說話時完全沒有露出笑容。

「如果不是電漿引起的，那又是什麼？」

「目前還無法斷言，」湯川豎起右手食指，按住了自己的太陽穴轉動了幾下，「少年的頭燒了起來，比塑膠桶先燒起來這件事是關鍵。」

「所以你相信這件事。」

「他們說得沒錯。」

「喔？我想聽聽你這麼說的根據是什麼？」

「如果塑膠桶先燒起來，然後火勢蔓延到那個年輕人的頭上，臉會比後腦勺先燒起來。因為燒死的那個年輕人面對自動販賣機站著，但其他目擊當時情況的人都說是他的後腦勺先著火，為什麼是臉的背面先燒起來？」

草薙忍不住「啊！」了一聲。聽湯川這麼說，發現的確有道理。

「所以我認為年輕人的頭先燒起來，塑膠桶之後才燒起來的順序沒問題。既然會燒起來，就代表施加了熱能，某種熱能傳遞給年輕人和塑膠桶。問題是既然是這麼大的熱能，其他人應該會感受到，但聽你說明的情況，他們在看到塑膠桶燒起來之前，並沒有覺得熱。」

「沒錯。」

「為什麼會發生局部加熱現象？」湯川左手扠腰，右手托著下巴陷入了沉思。

「帝都大的年輕副教授也束手無策嗎？」

「目前有一種可能，」湯川說完，從現場注視著筆直向南延伸的馬路，但隨即搖了搖頭，「不可能吧。」

「什麼？你該不會想到什麼？」

「不，現在告訴你也沒用，要不要先去咖啡店坐坐？我想喝杯咖啡，慢慢整理一下想法。」

「好、好，老師儘管吩咐就好。」草薙在口袋裡摸著車鑰匙，走向那輛Skyline。

湯川上車後說：「在去咖啡店之前，可不可以慢慢在這附近繞一圈？我想察看一下周圍的情況。」

「咦？周圍的情況有什麼值得參考的嗎？」

「有時候會有。」

「是喔。」草薙不置可否地點了點頭，把車子開了出去。然後按照湯川的要求，放慢了車速。但道路兩旁都是民宅和小商店，並沒有什麼特別。

「如果說，這起事件是有人故意所為，」坐在副駕駛座上的湯川說，「目的到底是什麼？殺人嗎？」

「首先要這麼考慮吧，因為真的死了一個人。」

「你認為是針對那個叫山下良介的年輕人下手嗎？」

「我不知道是不是針對他，也許原本是針對那幾個年輕人，結果剛好只有山下死了。」

「那幾個年輕人經常聚集在那裡嗎？」

「關於這件事，有好幾個證人證實。據說每逢週四、週五和週六晚上，他們必定會聚集在那裡。」草薙說完，發現也許不該說是證人，說他們是被害人更貼切。

「那起事件發生在星期五吧？」湯川問。

「沒錯。」

草薙向附近居民瞭解情況後，知道那幾個年輕人的風評並不好。他們利用那裡沒什麼車輛來往，不顧已是深夜，騎著機車在街上來來回回，大聲喧譁，而且還亂丟垃圾。所以無法排除他們這種目中無人的行徑，引起某個居民的反感，決定制裁他們，引發了這起事件的可能性。

只不過即使這次的事件是有人刻意所為，那個人到底做了什麼，草薙連輪廓也摸不到。

他一邊開車，一邊想著這些事。行駛了一個街區的距離後，駛入一條小路，又開了一段距離後，在轉角處轉了彎。但兩旁的風景並沒有太大變化，都是一些民宅和公寓，不時有規模稍微大一點的建築物，應該只是住宅區內的小工廠。這一帶有幾家轉承包一流企業訂單的工廠。

不一會兒，草薙開的車子回到了剛才的位置。

「還有沒有其他想看的地方？」他問湯川。

「不，可以了，我們去喝咖啡。」

「好。」

當草薙從事件現場沿著筆直往南的道路行駛時，發現路旁站了一個他之前見過的女孩。案發當天晚上，那個女孩跌倒了，草薙把她抱了起來。她身上穿著那天穿過的紅色運動衣，而且和那天一樣，一直抬頭看著上方。

「那個孩子……走路又在看上面，等一下又會跌倒了。」草薙經過她身旁時說。

「你認識她？」湯川問。他問話的語氣很冷漠，草薙想起他向來討厭小孩。

「不算認識，只是案發當天晚上看到她跌倒，我把她抱起來而已。」

「搞什麼，就只是這樣喔。」

「你還是這麼討厭小孩。」草薙瞥了湯川一眼說。

「因為小孩不講道理。」湯川說，「和不講道理的人打交道心很累。」

「你這樣的話，根本沒辦法和女人交往。」

「很多女人都很講道理啊，和不講道理的男人不相上下。」

草薙忍不住苦笑，他還是像學生時代一樣頑固。

「剛才那個女孩好像在找什麼，」湯川說：「氣球嗎？」

「她上次也那樣，所以才會跌倒。」

「真是沒長進。」

「是啊……」草薙想起那天晚上的事，「她好像說什麼……紅色的線。」

「啊？」

「我忘了她是說有看到還是沒看到紅色的線，我也搞不懂是怎麼回事。」

就在這時，湯川拉起了手煞車。車子立刻減速，車身左右用力搖晃起來。

草薙慌忙踩了煞車，停下車子。「你在幹嘛？」

「趕快回去。」

「什麼？」

「趕快回去，回去找剛才那個女孩。」

「女孩？為什麼？」

湯川用力搖頭。

「現在沒時間向你解釋，即使說了，你也沒辦法馬上理解，反正你趕快把車子開回去。」

湯川說話的語氣不容草薙思考，草薙鬆開踩在煞車上的腳，同時轉動了方向盤。

當他們回到剛才的地方時，幸好那個女孩還站在相同的位置，而且仍然抬頭看著上方。

「去問她。」湯川說。

「問她什麼？」

「當然是紅線的事啊。」

草薙轉頭看著湯川的臉，但湯川似乎並不覺得自己說了什麼奇怪的話。

草薙停好車，走向那個女孩。湯川也跟在後面。

「妳好。」草薙向女孩打招呼，「妳的膝蓋傷口已經好了嗎？」

女孩起初露出警戒的態度，但似乎並沒有忘記草薙，隨即露出柔和的表情，輕輕點了點頭。

「妳在看什麼？妳上次也看著天空。」草薙在說話的同時，抬頭看著天空。

「沒那麼高，就在那裡啊。」女孩指了指上方，但草薙不知道她指的是哪裡。

「那裡有什麼東西嗎？」草薙再度問女孩。

「我跟你說，可以看到紅色的線。」

「紅色的線？」看來上次並沒有聽錯，草薙定睛細看女孩手指的方向，但根本沒看到什麼紅色的線，「我看不到啊。」

「嗯，現在看不到了。」女孩一臉遺憾地說，「之前明明可以看到。」

「之前？」

「嗯……就是發生火災的那一天。」

「火災的那一天……」

草薙看向湯川。物理學家抱著雙臂，皺著眉頭，注視那個女孩。草薙很想提醒他，小孩子看到他這種眼神會害怕。

這時，不遠處的一戶人家打開了門，之前也見過的那個女孩母親走了出來。她看到有男人熟絡地和女兒說話，露出訝異的表情。

「妳好，」草薙向她點了點頭，「妳女兒的膝蓋似乎已經沒問題了。」

女孩的母親聽到這句話，似乎想起了草薙，臉上立刻露出了親切的笑容。

「喔，上次真是給你添麻煩了，」她恭敬地鞠了一躬，「請問我女兒怎麼了嗎？」

「我正在聽她說一件有趣的事，她說可以看到紅線。」

「喔……」那位母親露出尷尬的表情，「妳整天胡說八道，根本就沒那種東西。」

「請問是怎麼回事？」

「沒事，真的是不值得一提的事。上個星期……呃，我忘了是星期幾。」

「是不是星期五？」草薙問，「聽妳女兒說，就是發生火災的那天晚上，所以就是星期五。」

「喔，沒錯，嗯，的確是星期五。我記得晚上十一點左右，她突然跑出來，說可以看到紅色的線。」

「我從二樓的窗戶看到了，真的看到了。」女孩在一旁插嘴說，「所以我就跑出來看，真的可以看到。」

「是在哪裡？」

「嗯，就在那個叔叔頭的地方。」女孩指著湯川說。

湯川不悅地再度微微皺起眉頭。

「紅色的線是什麼樣子？」草薙問。

「拉得很緊，直直的。」

「直直的？」

「她是說，沿著馬路拉得很直的意思。」她的母親代替她說明。

「妳也看到了嗎？」

女孩的母親搖了搖頭。

「聽她說了之後，我也走出來看，但根本沒看到。」

「不是，真的有啊。」女孩嘟起了嘴，「妳來的時候還在那裡。」

「但媽媽就是沒看到啊。」

「我告訴妳，就在那裡啊，但妳一直說看不到、看不到，結果就真的看不到了。」

「妳又這麼說。」這樣的對話似乎在她們母女之間上演了好幾次，那位母親露出有點不耐煩的表情。

湯川悄悄走到草薙身後，在他的耳邊小聲說：「那是真的線嗎？」他似乎不想自己問那個女孩。

「那是真的線嗎？」草薙問女孩。

「不知道，但是很細，也很直喔。」

湯川又小聲說：「她有沒有摸？」

「妳有沒有摸？」

「沒有，因為我摸不到。」

草薙轉頭看著湯川，似乎想知道他還有沒有其他問題。

「不知道附近還有沒有其他人看到。」湯川小聲地說。

草薙問了那對母女。

「我沒有問附近的鄰居，因為連我也沒有看到，我想應該只是我女兒的錯覺。」

「才不是，才不是呢！」女孩的表情似乎快哭出來了。

湯川拉了拉草薙的衣角，似乎不想在這裡聽小孩子的哭鬧聲，草薙向那對母女道謝後轉身離開了。

回到車上之前，湯川始終不發一語。草薙知道他在思考紅線的事，但不知道哪裡吸引了他的興趣，草薙甚至不知道女孩說的紅線到底是什麼，只知道目前自己該做的事，就是不要影響湯川的思考。

草薙的愛車仍然停在剛才的位置，也沒有被貼上違規停車的罰單。他拿出鑰匙，打開了駕駛座旁的門，但湯川並沒有靠近車子。

「不好意思，你先回去吧。」湯川說，「我去散步一下。」

「我可以陪你，還是說，有我在會不方便？」

「是啊，我想一個人散步。」湯川明確地回答。草薙十多年前就知道，當他這麼說的時候，再說什麼都是白費口舌。

「是嗎？那我等你聯絡。」

「嗯。」

草薙坐上車，發動引擎後駛了出去，從後視鏡察看後方的情況，發現湯川沿著剛才的路往回走。

「紅色的線……」

草薙嘀咕道，卻完全沒有浮現任何靈感。

5

「……就像是暴風雨即將逼近的時候。先感受到等待的寂靜，接著會感受到那種氣候改變，變成影子，成為蒸氣吹拂大地時那種氣壓的隱約變化。你的耳朵會感受到這種變化，於是你在暴風雨即將到來之前，都感到焦躁不安——」

他抬起頭，嘆了一口氣。

注意力無法集中，朗讀得很不順，因為他在想其他事，當然就只有那件事。

他站在窗邊，拉開了窗簾。那天晚上發生的事，那天晚上發生的慘劇在他腦海中甦醒。真的燒起來了——

他做夢都沒有想到竟然會那麼嚴重，難以相信眼前發生的事是現實，但那的確是事實。

他閉上眼睛。那天晚上之後，這一帶恢復了平靜，但諷刺的是，他不知道該如何面對眼前的平靜。每天入夜之後，只要獨自在家，就會感受到好像墜入無盡深淵般的孤獨和恐懼。

他突然想起了什麼，走向音響，操作了開關，換了錄音帶，然後按下了播放鍵。

音響中傳來明亮的聲音。

「哥哥，你最近好嗎？我收到你寄來的包裹了。謝謝你寄來這麼多好看的小說，因為你的關係，我現在也很愛小說，你之前寄給我的派翠西亞·康薇爾的法醫系列，讓我看得好緊張，這次寄來的書中，好像也有康薇爾的小說，所以我超期待，唯一的煩惱，就是可能會影響我的睡眠時間。哥哥，你也小心別感冒了。媽媽之前發燒了，三天前才終於退燒，現在已經好了，所以你不必擔心。我很好，這一陣子常被說很會吃。我自己摸了摸肚子，好像真的有贅肉了。不過，有點贅肉沒關係啦。你下次什麼時候回來？回來的時候記得寫信回來。我知道你工作很辛苦，加油囉。春子。」

妹妹在說話時，使用了她喜歡的女歌手唱的歌做為背景音樂，他等到背景音樂結束後，才關掉音響的開關。

當他看向寧靜夜晚的黑暗時，眼前清楚地浮現出故鄉的景色。牽著妹妹的手散步的街頭，走在路上時，每個人都會親切地向自己打招呼。

當初離開家鄉，不是為了遇到眼前這種事。他在心裡小聲嘀咕。

6

當前島一之完成一天的工作，正打算關掉電源總開關時，那個男人走了進來。因為完全不知道男人從哪裡走進來，也不知道他什麼時候走進來，所以聽到他說「打擾了」

時，前島嚇了一大跳，心臟差一點停擺。
那個男人站在搬運大型機器時出入的鐵捲門內側，雖然個子很高，但因為戴著眼鏡的關係，所以感覺身材有點單薄，但仔細一看，發現他的肩膀很厚實，上衣袖子下露出的手掌上的肌肉也很飽滿。
前島露出充滿警戒的眼神看著男人，微微點了點頭，代替了問他「有什麼事嗎？」男人也向他鞠了一躬。
這是第一次有陌生人走進這家工廠，包括老闆在內，整家工廠只有三個人。老闆今天去和老客戶應酬，所以提前離開了，平時和他搭檔的同事感冒在家休息。
「我想請你們幫忙做一樣東西，聽說這裡可以做很精密的加工。」男人用沒有感情的聲音說，前島聽了心裡有點發毛。
怎麼辦？前島暗想。他完全不知道該怎麼應對這種直接上門的客人。因為他沒有回答，男人始終站在那裡注視著他，可以感受到男人在聽到回答之前，絕對不會離開的決心。
前島無奈之下，只好拿起業務日誌，在今天那一頁的背面寫下「我是啞人，無法開口」幾個字，出示給男人。
但男人看了之後，沒有表達任何意見，用和剛才完全一樣的表情說：

「我打算在日後正式委託，但我想先確認一下，這裡的加工是否能夠符合我的要求，加工時是由你實際操作吧？」

前島點了點頭，指著自己，然後又豎起兩根手指。

「喔，原來還有另一個人。沒關係，只要有你就行了，呃，我可以看一下機器嗎？」

前島點了點頭。因為他之前看過老闆帶客人參觀，而且也沒有什麼不能讓客人看到的東西。

「喔，有兩台放電加工機，還有兩台線切割機，全都是M廠的，也有NC功能。」

前島聽到男人這麼說，慌忙在日誌背後寫了幾個字，遞到男人面前。男人出聲讀了出來。

因為機器很老舊，無法進行高難度的加工——上面寫了這幾個字。

男人輕輕笑了笑，可能覺得這種特地聲明的謙虛態度很有趣。

但是前島認為醜話說在前面比較好。因為勉強接下工作，到時候是實際作業的自己傷腦筋。

這家小工廠名叫時田製作所，時田當然就是老闆的姓氏。這裡所有的機器都是時田老闆以前任職的重型機械廠商淘汰時，老闆便宜買回來的，耐用年數也早就超過了，但時田製作所這家能夠滿足客人各種要求的零件加工業者，還是受到各方的支持。

「是使用零點四毫米的電極線嗎？」」男人看著線切割機問。

前島點了點頭，暗自佩服這個男人瞭解得很清楚。

線切割機就是使用電力的線鋸，線鋸是使用刀刃切割加工品，線切割機利用電極線釋放的細微放電電流熔斷加工品，減弱放電電流，就可以將加工品的精密度提升到微米的單位。

「有辦法完成這個加工嗎？」男人從上衣內側口袋拿出一張紙，方格紙上用粗略的線條畫出了零件的形狀，從加工精度相關的內容和指示，顯示這個男人並非外行人。

這個零件真小啊。前島看著圖紙想道，尤其是角落部分的條件難度相當高。他指著圖紙上那個部分，微微偏著頭，表達了自己的想法。

「這裡果然有難度啊，如果做不到，那就改成你們可以做到的程度。」

男人打量室內後，沿著牆壁走了幾步，當他看到放在架上底板上的零件時，拿在手上打量起來，那是某家公司訂購的汽車零件樣品。

前島用拳頭敲了敲旁邊的桌子，男人驚訝地轉過頭。

前島指了指底板，做出觸摸的動作後，用雙手比了一個叉。男人似乎瞭解了他想表達的意思。

「啊，不好意思，不能用手摸金屬製品，否則手上的鹽分會導致金屬生鏽。」男人慌忙把手上的零件放了回去，「怎麼樣？可以幫我做嗎？」

前島指著圖紙上的幾個部分，然後把大拇指和食指拿到眼前，比出三公分的間隔。

「喔，我懂了，你的意思是，只要這部分的條件稍微放寬，或許就有辦法。這樣啊。」男人點了點頭，前島的回答似乎和他原本想的一樣，「我今天先把圖紙帶回去，明天再來。」

很好。前島點頭表示同意，把圖紙還給了他。

但男人接過圖紙後，也沒有立刻離開，打量著放在牆邊的儲氣瓶。裡面裝了各種不同的氣體。

「我還有一件事想要請教。」男人似乎察覺了前島的視線，豎起食指說。

前島不由得緊張起來。

男人開口說：「這麼問或許有點奇怪，到目前為止，在使用這種放電加工機和線切割機時，有沒有發生過什麼特殊的現象？」

這個問題的確很奇怪，前島只能對他偏著頭。

「也就是說，」男人甩著手掌繼續說道，「有沒有產生過電漿？」

前島忍不住瞪大了眼睛。

「放電現場和電漿有密切的關係，所以我才會這麼問。」

前島在日誌的背面寫下「你是問花屋路的火災事故嗎？」這行字，然後給男人看。

「對，沒錯。」男人露出苦笑，然後把手伸進上衣口袋，拿出了名片，「這是我的名片，那起事件成為我們同事之間討論的話題。」

那張名片顯示，他是某知名大學的物理學副教授，前島有點緊張。

「所以我就在想，在委託你們加工樣品時，不知道能不能順便問到什麼具有參考價值的事。」

前島點了點頭，然後在日誌背面寫下「從來沒有發生過」這行字。

「你是說，從來沒有發生過電漿嗎？」

前島點了點頭。

「是喔。」男人露出有點遺憾的表情。

前島又寫了一行字。

「果然是電漿造成的嗎？」

「不知道，但我們這麼認為，只是目前還缺少關鍵證據。」

前島聽不懂這句話的意思，微微偏著頭。

「電漿具有容易在同一個地方多次發生的性質，所以如果這一帶再度發生同樣的現象，應該就可以下定論。」男人拍了拍儲氣瓶的頂部說完，轉頭看向前島，「不好意思，打擾你工作了。我會重新研究一下加工的精密度，再來拜託你們。」

前島鞠了一躬，表示「恭候再度光臨」。男人用很平常的方式對待他，讓他感到很高興。

大學物理學副教授舉起一隻手，從鐵捲門旁的門走了出去。

7

湯川走出時田製作所，經過草薙的車子旁，然後四下張望，確認周圍沒有人之後，坐上了副駕駛座。

「情況怎麼樣？」草薙問。

「不知道，但我已經按下了圈套的開關。」

「聽起來很沒把握啊。」草薙在說話的同時，把車子開了出去。如果在這裡磨蹭，結果被前島看到就前功盡棄了。

「因為人並不是隨時都會做出合理的行為，相反的情況反而更常見。」

「這我能夠理解，你為什麼會注意到那家工廠？既然你已經知道那個離奇現象是怎麼回事，那就趕快告訴我啊。」

「關於這個問題，與其由我來告訴你，還不如你自己親眼看，俗話不是說，百聞不如一見嗎？」

草薙忍不住咂著嘴，「少故弄玄虛。」

「別擔心，如果我想得沒錯，你很快就可以再次見到相同的現象。到時候，我也會告訴你我為什麼會注意到那家工廠。」湯川自信滿滿地說。

「還真會找藉口拖延。」草薙忍不住撇著嘴說。

今天中午過後，草薙接到湯川的電話，說希望草薙陪他去一個地方。見面之後，湯川帶他去了時田製作所。

時田製作所離這次的事故現場很近。離現場二十公尺左右處，有一條小巷，往左轉後走到盡頭，就是時田製作所。站在小巷的入口，可以看到工廠的窗戶。

「幾天之後，就會再度發生上次的離奇現象，到時候你要馬上衝過來這裡調查。」

「你為什麼這麼肯定？為什麼知道會再度發生？」

草薙問，湯川若無其事地回答說：

「小事一樁，因為我會去設下圈套，讓那個現象再次發生。」

「圈套？什麼圈套？」

「你和我一起去就知道了，只不過你絕對不能讓對方知道你是刑警。」

於是他們一起去了工廠，但走到工廠旁時，草薙忍不住躲了起來。因為他發現工廠內的作業員就是他之前去查訪時遇到的那個無法說話的年輕人。

「所以他住在現場附近嗎？」兩個人先回到車上時，湯川問他。

「簡直太近了，只要他打開窗戶，現場就在左下方。」

「是喔。」湯川點了點頭，打開了車門。

「你要去哪裡？」

「那還用問嗎？我一個人去，你一起去會礙事。」

「你想去幹嘛？」

「不是說了嗎？要去設下圈套。」湯川用單側臉頰笑了笑，走下了車。

草薙握著方向盤，忍不住想，真希望打開他的腦袋，看看裡面裝了什麼東西。他完全不知道湯川推理出什麼，又憑什麼預言會再次發生相同的現象，只知道目前只能聽從他的指示。

在湯川預言的第三天，那個T字路再度發生了離奇事件。

現象和第一次事件很相像，放在自動販賣機旁的紙箱突然燒了起來，但這次沒有人受害。

只不過這次有目擊者，是從三天前就一直守在那裡的刑警，也就是草薙。

草薙起初不知道發生了什麼事，但一想到就是上次的離奇現象後，立刻跑向那家工廠。

然後他就發現了那樣東西。雖然當時他並不知道那是什麼，只覺得一定是和離奇現象有關的東西。

草薙又跑了回去，來到那棟公寓前，看到一個人從二樓的二〇五室走了出來。草薙立刻躲了起來，那個男人走向草薙剛才走過來的方向。

草薙跟在他後面，而且當然知道他要去哪裡。

男人走進時田製作所，正打算湮滅犯罪證據時，草薙叫住了他。

那個年輕人愣在那裡，然後緩緩轉過頭。

他的臉色鐵青，雙眼通紅。

「是你……」草薙忍不住嘆了一口氣。

站在那裡的並不是前島一之，而是金森龍男，他住在那棟公寓的一〇五室。

草薙覺得湯川應該也沒有料到這件事。

8

用來裝即溶咖啡的馬克杯還是沒有洗乾淨，但草薙告訴自己，既然不得不和這個人打交道，就必須習慣這件事。

「沒想到竟然是雷射光。」他放下杯子，嘆了一口氣。

「正確地說，是二氧化碳雷射。」湯川點了點頭。

「怎麼回事？有很多種雷射嗎？」

「當然有啊，最典型的應該就是二氧化碳雷射、ＹＡＧ雷射和玻璃雷射。」

「雖然經常聽到雷射，但沒想到在生活中也可以遇到。」

「ＣＤ播放機也使用了雷射，只是說到會讓人燒起來的雷射，就會想到科幻電影。」

「那就是雷射槍，但我在工廠看到的，根本稱不上是雷射槍。」

時田製作所內的雷射裝置是差不多有一輛卡車大的箱子。聽老闆說，這也是用低廉的價格向之前任職的公司購買的報廢品，目前主要用於裁切和焊接鋼板。

「要發出高強度的雷射光線時，必須要高速噴出包括二氧化碳在內的雷射氣體，而且要持續穩定高電壓放電，所以整個裝置就變得很龐大。雖然是那麼龐大的雷射裝置，但也只能裁切幾毫米厚的鐵板而已。」

「詹姆士・龐德用像手槍那麼大小的雷射槍打穿了裝甲車的車身。」

「再過一百年也辦不到。」湯川很乾脆地回答。

「話說回來，」草薙抱著手臂，看著以前一起打羽毛球的球友，「你到底什麼時候發現的？」

「發現什麼？」

「雷射啊，你是不是很早就發現了？」

「喔……」湯川微張著嘴，「得知那個年輕人後腦勺先燒起來時，我就隱約想到了這個可能性，但是在聽到紅線那件事之後，才真正有把握。」

「這件事我也要問你，那紅線到底是什麼？」

「不是什麼特殊的東西，是氦氖雷射光。」

草薙聽了湯川的回答，忍不住露出不耐煩的表情。

「又是雷射光？」

「你別露出這麼厭惡的表情，你應該很熟悉這種雷射光，歌手不是會在演唱會時使用雷射光嗎？就是同樣的雷射光。」

「為什麼會出現在那裡？」

「雷射裝置最重要的是調整雷射光的行經路線，如果不做好調整，就無法射出需要的強度，而且也無法知道會如何射出雷射光，以及雷射光會射向哪裡。但如果在調整時，實際使用高強度的雷射光，就會非常危險，於是就會在調節的時候使用無害的雷射光，也就是氦氖雷射光。」

「所以，那裡會看到紅色的線，是因為……」

「我猜想是兇手在調節二氧化碳雷射光線的行經路線時，使用了氦氖雷射光進行測試，於是我認為附近一定有雷射裝置，所以就在附近散步察看，沒想到很快就發現了那家工廠。雖然我去的那個房間並沒有雷射裝置，但在架子上的底板上發現了應該使用雷射裁切的零件。具體來說，就是我發現剖面上有細微的皺摺，而且那裡放了發射出雷射光必需的二氧化碳、氦氣和氮氣的儲氣瓶，所以我立刻知道，其他房間內有二氧化碳雷射裝置。」

工廠位在T字路下一個街區往左轉的巷底，當第二次事件發生後，警方立刻趕到，當時工廠的窗戶敞開著，剛好看到了雷射裝置。

「但雷射光線不是只能筆直前進嗎？」

「所以使用了鏡子啊。如果從工廠直接射出雷射光，應該會打中第一個街角的電線杆或是其他東西，只要在那裡放置表面鍍金的專用鏡子，再調整位置，就可以射向那個T字路，因為黃金幾乎可以百分之百反射雷射光。」

「在調節時使用了氦氖雷射光嗎？」

「就是這麼一回事。」

「但為什麼一下子可以看到，一下子又看不到了呢？」

「基本上，肉眼看不到雷射光，但在碰到什麼物質時，有時候會看到反射光。氦氖雷射光遇到有煙的時候，就會看到紅色的線，我猜想當時應該有灰塵飛舞，所以那個女孩才會看到。」

「是喔。」草薙抓了抓頭，他內心有一種似懂非懂的奇妙感覺。

「但另一名作業員是兇手這件事出乎我的意料，我一直以為那個姓前島的年輕人才是兇手。因為我之前聽你說，他就住在現場附近。」

「另一名作業員也住在同一棟公寓。」

那名作業員就是金森。草薙很後悔為什麼第一次見到他們時，沒有問他們在哪裡工作。幸好前島把湯川告訴他的事轉達給金森，所以圈套順利發揮了作用。如果稍有閃失，湯川精心設下的圈套就失去了意義。

「但有一件事，我實在搞不懂。」湯川說。草薙見狀，忍不住笑了起來。

「你是不是搞不懂他們兩個人為什麼會調換房間？」

「是啊。金森原本住在一樓，前島住在二樓，但那天換了房間。」

「沒錯。」

當草薙問前島，案發當時，他人在哪裡時，前島指了指地上，草薙以為他說在這個房間，但其實他要說的是，他在樓下的房間。

「為什麼？因為二樓比較容易看到現場，所以在犯案那天，金森用了什麼理由，借用了前島的房間嗎？」

「不，不是這樣。他們兩個人之前就經常交換房間。」

「為什麼？」

「這就是這次的犯案動機。」草薙故意慢吞吞地喝著咖啡。他覺得偶爾吊一下湯川的胃口也很好玩。

金森之前開始投入有聲書的公益活動，也成為整起事件的起點。

那是為圖書館錄製提供給視障人士借閱的有聲書，但並不是每個人都可以投入這種公益活動，必須接受專業訓練。金森也去學校接受了半年左右的訓練，才開始錄製有聲書。

「金森的妹妹是視障，所以他決定投入這項公益活動，但並不是只要接受訓練，就可以輕鬆完成。更令人驚訝的是，在錄製時，幾乎沒有什麼專業的儀器，通常都是志工各自準備，聽說普通的錄音機就可以，但必須用特殊的麥克風，金森也購買了專用的麥克風。」

同樣是身障人士的前島，應該很樂意協助金森的行為。他在金森的房間看電視時也都戴上耳機，避免金森在錄音時，錄到不必要的雜音。

「金森借用前島的房間還有另一個好處，那就是前島的房間內有大量書籍，金森之前錄製的大部分有聲書，都是使用前島的書。案發那天夜晚，他正在讀《火星紀事》這本書，那也是前島的。」

「所以那個房間是他錄製有聲書的最佳環境。」

草薙聽了湯川的感想，點了點頭。

「沒錯，直到那幾個傢伙出現。」

「那些傢伙……」湯川不悅地皺起眉頭。

因為那幾個騎機車的年輕人發出了噪音，金森最近完全無法順利錄製有聲書。即使勉強錄製完成，有時候發現在重點部分錄到了引擎聲音。

「所以他就火冒三丈，決定殺了他們……是這樣嗎？」

「不，他說並不打算殺人，原本只是想點燃塑膠桶裡的汽油，嚇唬他們一下而已。」

「沒想到剛好有人站在容器前，雷射光命中了那個人的後腦勺，造成了那樣的結果。」

「延髓先燒了起來，山下良介應該當場死亡。」草薙轉達了醫生的意見。

「山下倒下之後，雷射光按照原本的設定，引燃了塑膠桶。」湯川輕輕推了推眼鏡中央，「金森使用遠距離操作啟動了雷射裝置嗎？」

「據說使用了電話。雷射裝置可以用電腦控制，他設計了某種程式，只要傳送某種形式的電話按鍵聲，就可以啟動和電話連結的電腦。」草薙看著記事本說。他在說明的同時，並不是很瞭解其中的意思，「所以他把子母電話的子機帶去了前島的房間，前島家並沒有裝市內電話。」對無法說話的前島來說，電話只會徒增他的焦慮，所以對他來說，呼叫器是他最理想的溝通工具。

「難怪金森無法敏捷地操作，當他發現有人站在光軸上時，也許已經來不及了。」

「他也很不幸。」草薙深有感慨地說，「之前因為噪音的關係無法順利錄音，但在事件發生後，因為致人於死的緊張，導致聲音發抖，結果還是無法順利錄音。」

「我似乎能夠理解。」

「我帶他去警局時，他拜託了我一件事。你猜是什麼事？」

「什麼事？」

「他希望可以讓他錄一本童話，他說現在應該可以順利朗讀了。」

「是喔，要朗讀童話。」

兩個人陷入沉默片刻，不一會兒，湯川伸了一個懶腰站了起來。

「要不要續一杯即溶咖啡？」

「那就來一杯吧。」草薙遞上了馬克杯。

第二章

複製

1

脖子左右晃動了一下，立刻聽到喀啦喀啦的聲音。因為維持同一個姿勢的時間太久了。

藤本孝夫看著一動也不動的浮標，瞪了在旁邊打了一個大呵欠的山邊昭彥。

「喂，山邊，我覺得你被耍了，這種地方怎麼可能釣得到鯉魚？」

山邊看著從剛才就完全沒有變化的水面，微微偏著頭。

「太奇怪了，我在齊藤家的魚缸裡真的看到有鯉魚，他說是在這裡釣到的。」

「一定是在其他地方釣到，齊藤那傢伙騙了你。」

「是嗎？」山邊仍然偏著頭。

他們是讀同一所國中的同學，因為住得很近，從小就經常玩在一起，而且兩個人都受到父親的影響，釣魚是他們的共同興趣。

一年級時的同班同學齊藤浩二告訴山邊，離他們住的地方騎二十分鐘腳踏車的自然公園內的葫蘆池，可以釣到鯉魚。

「不可能，那種地方怎麼可能有鯉魚？」這就是藤本孝夫聽說這件事時的感想。

「聽說以前有人想要在那裡養殖鯉魚，現在還有幾條那時候留下的鯉魚，或者說是牠們的子孫。雖然平時很難釣到，但秋天的時候，牠們為了準備過冬，看到什麼就吃什麼，所以只要選對地點，就可以釣到鯉魚。」

山邊當時這麼向藤本說明。

藤本孝夫還是很懷疑，但覺得並不是完全不可能，而且他也很久沒釣魚了，於是他們就約了星期天，一起來到葫蘆池。

結果不出藤本孝夫所料，不要說鯉魚，根本沒看到任何魚類在池裡游動。

當然不可能在這個池塘釣到什麼魚，孝夫看著前方，忍不住嘆著氣，因為眼前的池塘只能用悲慘這兩個字來形容。

池塘和他們學校的游泳池差不多大，細長形的池塘中間凹了下去，所以稱為葫蘆池。周圍雜草叢生，因為離自然公園的健行步道很遠，所以很多當地人也不知道有這個池塘。聽說以前這裡有水黽和豉蟲，但根據目前的狀況很難想像。

來到這裡時，最先看到的是保麗龍和塑膠容器之類的垃圾浮在水面上，周圍都是灰色的油膜，池塘周圍丟棄了建築垃圾和像是機器零件的金屬物。

藤本覺得對繞到這裡的健行客來說，這裡無疑只是一個巨大的垃圾桶，有惡劣的人甚至會把這裡當成了丟棄大型垃圾的地方。

藤本孝夫收起釣魚線，開始收拾釣竿。

「釣不到啦，我們回家吧。」

「真的釣不到嗎？」山邊似乎還不死心。

「怎麼可能釣到嘛！只是浪費時間，與其在這裡釣魚，還不如回家打電動。」

「那倒是。」

「就是啊，回家了。」藤本收拾好東西站了起來。

「真的上當了嗎？」

「絕對上當了，那還用問嗎？」

山邊仍然低吟著，看向池塘的方向，他腦袋有問題嗎？藤本不出聲地罵道。

就在這時。

「咦？」山邊用和剛才不同的語氣叫了一聲，「那是什麼？」

「怎麼了？」

「那個啊，你看，有東西在那裡發光，不是浮在右邊嗎？」

藤本順著山邊手指的方向看去，看到一個三十公分左右的扁平東西浮在水面上，反射著陽光。

「是鍋子之類的東西吧？」藤本說，「像是便利商店賣的鍋燒麵之類的容器，不是什麼大不了的東西。」

「是嗎？我覺得看起來好像很不尋常。」山邊站了起來，拍了拍牛仔褲屁股上的泥土，沿著池塘邊緣走了過去，手上仍然拿著釣竿。

藤本也一臉不耐煩地跟了上去。他以為山邊上了同學的當，把自己拉來這裡釣魚覺得很丟臉，為了掩飾心虛，故意說這種奇怪的話。

走到離那個奇妙的東西最近的位置時，山邊停下了腳步。那個東西在離池塘岸邊兩公尺的地方，旁邊浮了一個牛奶紙盒。

山邊用釣竿把那個東西勾過來，拉到伸手可以拿到的位置時，藤本也看出那是什麼東西。

「這是、什麼啊……」

「我就說不是便利商店的鋁鍋吧。」山邊說著，拿起那個奇怪的東西。

2

草薙坐在觀眾席上看著舞台上的四名少女，忍不住瞪大了眼睛。因為這幾個女孩無論怎麼看，都不像是十三、四歲。不光是因為化了濃妝，而是她們根據各自的五官，化了最成熟、最有女人味的妝。身上的衣服也很大膽，而且她們的身材穿上那些暴露的服裝，完全不覺得滑稽。身為警察的他忍不住想，即使在鬧區看到這幾名少女，應該也不會認為她們是未成年少女。

四名少女隨著節奏歡快的音樂跳了起來，她們的舞姿再度嚇到了他，他一時忘記自己是在中學的體育館內。

「這些學生來學校到底是幹什麼？是來學習以後怎麼從事特種行業嗎？」草薙小聲問坐在旁邊的森下百合。

「這種程度，不值得大驚小怪啦。」草薙的姊姊看著舞台說，「聽說還有學生勾引老師。」

「真的假的？」

「我聽美砂說的，去年的畢業生中，有人懷了老師的孩子。」

未免太離譜了。草薙說不出這句話，只好搖了搖頭。

昨天晚上，姊姊說她女兒要在文化祭時上台表演，拜託草薙一起去看表演。真正的原因是姊姊希望為女兒攝影，但自己不會拍，所以想請他代勞。今天是星期六，姊夫臨時要出差。

於是草薙帶著攝影機，和姊姊一起來到學校，走進體育館時，看到看板時嚇了一跳。因為上面寫著「舞蹈大賽」。他原本以為外甥女上台表演是演舞台劇。

「接下來就輪到美砂她們了。」

百合戳了戳他的腿，草薙慌忙舉起攝影機。

五名少女在主持人的介紹下走上舞台。草薙從攝影機鏡頭中看到她們，再度目瞪口呆。台上的五名少女都穿著鮮紅色的旗袍，而且高衩一直開到腰。

會場到處響起口哨聲。

「現在的年輕女生都這樣。」百合走出體育館時說。

「我可以想像姊夫苦惱的表情。」

「他現在好像已經習慣了，但之前他們父女經常吵架。」

「我真同情姊夫。」

呵呵呵。姊姊笑了起來，母親似乎完全接受女兒的成熟。

「我去叫美砂，要不要一起吃飯？我請客，謝謝你為她攝影，但這附近只有家庭餐廳而已。」

「不錯啊。」

「那你在這裡等一下。」

姊姊再度走向體育館，草薙目送著姊姊的背影離去後，突然看向旁邊的劍道場，那裡的看板上寫著「千奇百怪博物館」。

他覺得可以去參觀一下打發時間，於是走向入口。

經過一臉無聊的櫃檯人員面前走進道場內，發現裡面果真陳列了千奇百怪的東西。「用甲子園的土燒的紅磚」上挖了好幾個圓形的小洞，說明中寫著「在最後關頭逆轉敗球隊飲恨的淚水變成了這些洞」，還有不知道從哪裡撿來的舊地毯則寫著「飛天魔毯（因為已超過飛行時間而退休）」。

他覺得參觀這種東西根本是浪費時間，但看到某個掛在牆上的陳列品時，忍不住停下了腳步。

那是用石膏製作的人臉。說明中寫著「殭屍的死亡面具」。那是男人閉著眼睛的臉，額頭中央有一個看起來像是痣的圓形突起物。看不出年紀，但絕對不是中學生的臉。

因為看起來很逼真，感覺不是雕刻製作，草薙猜想是使用橡膠等材質塑型，然後再倒入石膏固定而已。最近市面上有短短幾分鐘就可以凝固的橡膠。

只不過——。

他打量著石膏面具，有一種奇妙的感覺。他試著分析自己內心萌生的不安是什麼，想了一下之後，終於發現了原因。

他是刑警。因為在搜查一課，所以都偵辦殺人命案，當然有很多機會接觸屍體。

根據他以往的經驗，發現死者臉上總有一種獨特的表情，和活人只是閉著眼睛時的臉有著根本的不同。那並不是氣色、皮膚的光澤這些臉部特徵，而是臉部整體所呈現的世界完全不一樣。

這張面具就有這種感覺——。

草薙心想，但又同時覺得不可能，因為中學生不可能根據屍體的臉，做出這張石膏面具。

可能只是剛好做出了那種感覺而已。他這麼說服自己，否則就無法處理這種難以平靜的心情。

他隨意瀏覽了其他展示品，走向出口，但還是對那個死亡面具耿耿於懷。

這時，有兩個女人走了進來。兩個人看起來都三十歲左右，她們沒有看草薙一眼，快步走進展示空間。她們急切的樣子不像是來參觀中學生充滿幽默感的展示品，草薙忍不住停下腳步，看著她們的身影。

那兩個女人筆直走向的正是那張死亡面具，身穿套裝的女人說：「就是這個。」

另一個身穿洋裝的女人沒有立刻回答，只是看著面具，一動也不動地站在那裡，但從在身旁看著她的套裝女人的臉色越來越蒼白，就知道她的表情並不尋常。而且草薙發現，身穿洋裝的女人單薄的肩膀微微顫抖著。

「果然……是？」套裝的女人問。

身穿洋裝的女人彎下身體後，費力地擠出聲音說：

「是我哥哥，沒錯……」

身穿洋裝的女人名叫柿本良子，在東京都內的保險公司上班。套裝的女人是這所學校的音樂老師小野田宏美，和柿本良子是學生時代的朋友。

「呃，首先想請教小野田小姐，妳看到這張面具後，發現很像柿本進一先生嗎？」草薙看著記事本上記錄的內容，向她們確認。

「是啊。」小野田宏美挺直了身體，點了點頭，「我老公和柿本先生之前就認識，也曾經一起打過幾次高爾夫，我之前聽說柿本先生失蹤，就很擔心……」

「妳看到這個時，一定很驚訝。」草薙用原子筆指著桌上的石膏面具。

「是啊，真的很驚訝。」小野田宏美吞著口水，喉嚨動了一下，「雖然覺得應該不可能，但因為太像了，連痣的位置也一樣，所以我覺得必須告訴她。」她看著在一旁低著頭的柿本良子。

「妳認為這是妳的哥哥嗎？」草薙問柿本良子。

「我認為是。」她小聲回答，眼眶仍然很紅。

草薙抱著雙臂，低頭看著死亡面具，忍不住輕聲低吟。

這裡是中學內的會客室，因為她們兩個人看到面具時的反應太不尋常，草薙主動上前關心，得知可能和某起事件有關，於是決定向她們瞭解詳細的情況。一問之下才發現，柿本良子的哥哥進一今年夏天失蹤，進一的長相酷似面具的那張臉。

一個乾瘦的中年男人坐在離她們有一小段距離的鐵管椅上，草薙轉頭看向他，他就是舉辦「千奇百怪博物館」的自然科學研究社的指導老師林田。

「林田老師，你並沒有聽說關於面具的任何情況，對嗎？」草薙指著面具問。

林田老師挺直了身體說：

「呃，對，那個、這個，我完全沒聽說。展示的內容也完全交由學生負責。嗯，因為我很尊重學生的自主性。」他說話的語氣聽起來像在辯解，也許擔心這件事發展下去會追究他的責任。

這時，響起了敲門聲，林田起身打開了門。

「喔，大家都在等你們，快進來。」

兩名男學生在林田的催促下走進來，兩個人和大部分這個年紀的孩子一樣看起來很瘦，其中一個戴著眼鏡，另一個額頭上有許多青春痘。

這兩名男學生分別叫山邊昭彥和藤本孝夫。戴眼鏡的是山邊，他手上拿了一個長方形的紙盒。

「這個面具是你們兩個做的吧？」草薙輪流看著他們兩個人問。

兩名中學生相互看了一眼後，輕輕點了點頭，似乎不清楚這件事有什麼問題。

「請問你們是怎麼塑型的？」草薙問，「應該是把石膏倒進模型中完成的吧？」

山邊抓了抓頭，小聲地回答說：「撿到的。」

「撿到的？」

「就是這個。」

山邊打開了手上那個紙盒的蓋子，把從裡面拿出的東西遞到草薙面前。

「這是……」草薙瞪大了眼睛。

那是一張金屬面具。不，正確地說，臉部的凹凸和面具剛好相反，所以只要倒入石膏凝固後，就變成展示的那張面具。

「你們在哪裡撿到的？」草薙問。

「葫蘆池。」山邊回答。

「葫蘆池？」

「自然公園裡的池塘。」藤本在一旁插嘴回答。

那兩名學生說，上個星期天，他們撿到了這張金屬面具。山邊想到可以用這張面具製作死亡面具，而且實際試了一下，發現成果很理想，於是立刻做為他們兩人所屬的自然科學研究社的展示品交了出去。

「那裡還有沒有其他類似的東西？」

「我記得沒有，對不對？」山邊徵求藤本的同意，藤本也默默點了點頭。

「池塘有沒有什麼不一樣的地方？」

「什麼不一樣？」

「就是有沒有和平時不一樣的地方，你們有沒有發現什麼？」

「我們並沒有經常去那裡。」山邊嘟著嘴，藤本似乎也沒什麼特別想說的話。

草薙轉頭看向一臉不安地盯著兩名中學生的柿本良子。

「葫蘆池這個地方有沒有讓妳想起什麼事？妳哥哥是不是經常去那裡散步？」

「我沒聽說過。」她搖了搖頭。

草薙搓了搓臉，低頭看著剛才記錄的內容。

他不知道是不是該根據目前這些狀況，判斷有可能牽涉到某起刑事案件。雖然這件事不需要由他來判斷，只是他不知道該如何向上司報告這些奇怪的狀況。

「呃，刑警先生……」林田老師吞吞吐吐地開了口，「如果這張面具的臉很像這位小姐的哥哥，呃，會有什麼問題嗎？」

當膽小怕事的林田老師說到這裡時，再度響起了敲門聲。「請進。」林田老師應了一聲，門打開了，一個男人探頭進來說：

「有一位柿本太太到了。」

「是我大嫂。」柿本良子說。

草薙點了點頭。在來這裡談話之前，他請良子通知了她的大嫂。

「請她進來。」草薙對打開門的男人說。

男人在回答之前，門就打開了，一個女人走了進來。她看起來三十五、六歲，一頭長髮隨意綁在腦後。她似乎匆忙趕來這裡，臉上完全沒有化妝。

「大嫂，這個……」柿本良子指著石膏面具說。

走進會客室的女人眼睛布滿血絲，她充血的雙眼看著桌上的面具，瞪得更大了。

「看起來──」

像妳先生嗎？草薙原本想這麼問，但立刻察覺到沒這個必要，所以住了嘴。那個女人用右手摀著自己的嘴，發出呻吟，當場癱倒在地上。

3

貼在研究室門上表示目前去向的磁性板上，貼著顯示湯川學目前在室內的磁鐵。草薙確認之後，敲了兩次門，聽到裡面有人說：「請進。」

「砰。」一打開門，就聽到左側傳來輕拍某樣東西的聲音。他轉頭看向聲音的方向，一個像救生圈大小的白色煙圈緩緩從空中向他移動。

「哇喔！」草薙愣了一下。

「砰。」再度傳來相同的聲音，和剛才一樣的白色煙圈從相同的方向飄了過來，而且聞到了蚊香的味道。

眼睛逐漸適應後，他發現昏暗的房間角落有一個巨大的紙箱。箱子前方挖了直徑十幾公分的洞，湯川學站在紙箱旁，白袍的袖子挽到手肘。

「這是歡迎你的烽砲。」湯川說完，又「砰」地拍了一下紙箱後方。

白色的煙霧從紙箱前方的洞噴了出來，很快變成甜甜圈的形狀，飄向草薙的方向。

「這是什麼？又有什麼玄機？」草薙舉起一隻手撥開煙霧問。

「沒什麼玄機，只是把蚊香放進紙箱而已，等到紙箱內充滿了煙霧，再輕輕拍一下，就可以拍出很多煙圈。你們這些老菸槍中，不是有人喜歡吐出煙圈嗎？其實是一樣的道理。流體經常會出現一些有趣的現象，我認為有些大家口中匪夷所思的現象，其實就是流體的惡作劇。」湯川打開了牆上的開關，昏暗的室內立刻被日光燈照得很明亮。

「如果你能夠用這種氣魄解決我目前遇到的匪夷所思現象，那就太好了。」草薙說。

湯川在鐵管椅上坐了下來。

「你今天又帶來什麼匪夷所思的事？該不會有幽靈？」

「雖不中，亦不遠。」草薙打開帶來的運動包，拿出裝在透明塑膠容器內的東西說：「是幽靈的面具。」

湯川看到容器內的金屬面具，挑起單側眉毛。

「我來見識一下。」他伸出右手。

「是鋁做的。」湯川一拿起面具，立刻說道。

「我第一次看到時，就知道這件事了。」草薙說話時撐大了鼻孔。

「這種事，應該連小學生也知道。」湯川很乾脆地承認，「這為什麼是幽靈的面具？」

「這件事真是太玄了。」

草薙把在外甥女就讀的那所中學發生的事告訴湯川，物理系副教授坐在椅子上，雙手抱在腦後，閉上眼睛聆聽。

「這張面具的主人，就是那個失蹤的男人嗎？」

湯川聽完後問道。

「是啊。」草薙回答，「似乎就是這樣。」

「你憑什麼這麼確定？」

「因為發現了屍體。」

「屍體？」湯川直起身體，「你說發現了屍體，就在、你剛才說的……」

「在葫蘆池發現的。」草薙說。

三天前，從池塘中打撈起那具屍體。因為柿本進一的妻子昌代和妹妹良子堅稱那張面具的主人就是柿本進一，於是警方在葫蘆池展開搜索，幾個小時後，發現了那具屍體。屍體已經嚴重腐爛，衣物的狀態也難以辨識，但很快就根據牙齒的治療紀錄，確認就是柿本進一。

「為什麼屍體臉部的模型會掉在池塘裡？」湯川皺著眉頭問，「而且是金屬模型。」

「因為不知道，所以才來這裡找你啊。」

湯川聽了草薙的回答後「哼」了一聲，用中指輕輕推了推眼鏡。

「我又不是靈媒，當然也沒辦法穿越時空回到過去。」

「但你可以解開這個面具的謎，」草薙拿起金屬模型，「關於這個模型，目前有兩個疑問。第一，是怎麼製作的，第二，兇手為什麼要製作這種東西。」

「兇手？」湯川皺起眉頭，然後看著學生時代的朋友的臉，緩緩點了點頭，「我懂了，如果不是他殺，搜查一課的刑警不可能這麼緊張。」

「頭蓋骨側面有凹陷，目前認為是遭到相當重的堅硬鈍器，而且是用相當大的力道擊打。」

「兇手是男人嗎？」

「或是力氣很大的女人。」

「你剛才說，面具的主人有太太，有可能是那個太太下的手嗎？真兇就在身邊，而且是女人，這不是推理小說常用的套路嗎？」

「他太太個子嬌小，而且看起來沒什麼力氣。我認為她不可能，只不過也不會無條件把她排除在嫌犯名單外。」

「太太殺了先生後，把屍體丟進池塘，然後製作死亡面具緬懷先生，也同時丟棄用來製作面具的鋁製模型，這樣的情節聽起來很合情合理啊。」

湯川從草薙手上接過金屬面具，再度仔細觀察起來。雖然他嘴裡開著玩笑，但完全是科學家的眼神。

「你如果可以幫忙推理一下到底是怎麼製作的，那就感恩不盡了。」草薙看著湯川的手說。

「警方應該也討論研究過這個問題吧？」

「和鑑識人員討論後，試了各種方法。」

「什麼方法？」

「最初試的方法是拿了一塊相同的薄鋁板，直接壓在人的臉上。」

「真有趣，」湯川笑了起來，「結果如何？」

「根本不行。」

「我想也是。」湯川噗哧笑了起來，「如果這種方法就可以塑型，蠟像師就省力多了。」

「無論再怎麼小心謹慎，臉部的肌肉都會變形。說得極端點，做出來的樣子就像是套著絲襪的臉。於是就想到，也許是因為用活人的臉，所以才沒辦法做得逼真，換成死人的臉，也許就可以成功。」

「因為人死之後，肌肉就會變得僵硬。」湯川點了點頭，他已經收起臉上的笑容。

「但畢竟很排斥使用真的屍體，於是就使用在其他事件中重建顏面的模型進行實驗，結果就做出了類似的東西。」

「類似的東西？」

「我是指像臉模的東西，但很可惜，無法做出這麼完美的模型。」草薙指著湯川手上的金屬面具，「具體來說，無法像這樣正確呈現細部的凹凸。如果使用更薄的材料，比方說像是鋁箔之類的材料，或許有辦法做到，但這種厚度的材料就很難了。」

「如果使用鋁箔製作，目前恐怕很難繼續保持這個形狀。」

「總之，鑑識人員認為必須持續在鉛板上施加強大而且徹底均等的力量才有辦法完成。」

「我也有同感。」湯川把金屬面具放在桌上，「所以製造方法的問題在這一點上觸礁了。」

「嗯，就是這麼一回事。」草薙點了點頭，「怎麼樣？物理系的湯川老師也束手無策嗎？」

「你用這種話激我也沒用，我可沒這麼傻。」湯川站了起來，走向門旁的流理台，「要不要喝咖啡？」

「不用了，反正又是即溶咖啡。」

「你可別小看即溶咖啡，」湯川把便宜的咖啡粉倒進看起來沒洗乾淨的馬克杯，「在製造即溶咖啡初期，曾經經過多到令人生厭的無數次反覆試驗。很少有人知道，最初上市的即溶咖啡是日本人開發的，當初使用的是滾筒式乾燥法，簡單地說，就是把咖啡萃取液乾燥而已。之後，麥斯威爾公司開發了噴霧乾燥法，大大提升了即溶咖啡的美味，消費也迅速成長。進入七〇年代後，出現了真空冷凍乾燥法，也成為目前的主流。怎麼樣？沒想到即溶咖啡也有很深奧的學問吧？」

「即使你這麼說，我還是不太能接受即溶咖啡。」

「我的意思是，任何東西的製作都不是一件簡單的事，不管是鋁製的面具，還是即溶咖啡都一樣。」湯川把熱水倒進馬克杯，用茶匙攪動後，站在那裡聞著咖啡的味道，「真香，有科學文明的味道。」

「這個面具上沒有這種味道嗎？」草薙指著桌上。

「有啊，很濃烈。」

「既然這樣──」

「我有兩、三個問題。」湯川拿著馬克杯說，「那個葫蘆池是怎樣的池塘？地點在哪裡？」

「你問我是怎樣的池塘，我也……」草薙抓了抓下巴，「位在山麓的一個小池塘，裡面丟了很多垃圾，骯髒是最大的特徵。周圍長滿雜草，附近有健行步道，那附近一帶是自然公園。」

「有沒有人在那裡打獵？」

「打獵？」

「就是狩獵，有沒有獵人拿著獵槍走來走去？而且不是霰彈槍，而是來福槍。」

「來福槍？你在開玩笑吧？」草薙笑了起來，「在那麼小的山上，怎麼可能有需要使用來福槍的獵物，也沒有聽說動物園的獅子逃走了。總之，那裡禁止打獵。」

「是嗎？果然是這樣。」湯川一臉嚴肅的表情喝著咖啡，似乎剛才問來福槍的事並不是開玩笑。

「怎麼了？來福槍有什麼問題嗎？我剛才也說了，屍體的頭部側面有被鈍器擊打——」

「嗯，我知道。」湯川用沒有拿杯子的手制止了草薙，「我並不是在說死因的事，而是在思考面具的製造方法，但似乎和來福槍無關。」

草薙有點莫名其妙地看著這個有點與眾不同的朋友。和他說話時，有時候會覺得自己腦筋很不靈光，現在也完全搞不懂為什麼會提到來福槍。

「那就去看看，」湯川輕聲說，「去看看那個葫蘆池。」

「我隨時聽候差遣。」草薙回答。

4

草薙向湯川道別後，和同事小塚一起前往柿本進一家。因為昨天之前柿本家忙著舉辦守靈夜和葬禮，他們始終無法好好向柿本太太昌代瞭解情況。
柿本家位在從國道走向上坡路段那片住宅區的最深處。進入大門，走上一小段階梯後就是玄關，旁邊的車庫拉下了鐵捲門。
柿本昌代獨自在家中，雖然神情有點疲憊，但頭髮梳理得很整齊，也化了妝，所以看起來比之前見面時更年輕。也許因為在服喪期間，她穿著樸素的深色襯衫，但戴了一副小型珍珠耳環，似乎頗注意自己的儀容。
她請草薙和刑警小塚來到客廳。客廳差不多四坪大，放著皮沙發，牆邊的架子上放了好幾座獎盃，從獎盃前端的裝飾，一眼就可以看出是高爾夫比賽的優勝獎盃。
柿本進一是牙醫師，他繼承了父親開的牙科診所。草薙看著牆上貼的獎狀，心想之前找他看牙的病人應該很傷腦筋。
聽昌代滿面愁容地訴說完守靈夜和葬禮的辛苦之後，草薙決定進入正題。
「之後有沒有想到什麼事？」
昌代把右手放在臉頰上，露出好像忍著牙痛的表情。
「我先生的屍體找到之後，我也努力想了一下，但真的想不到任何線索，也完全搞不懂為什麼會突然發生那種事……」
「也想不出妳先生和葫蘆池之間的關係嗎？」

「我想不出。」她搖了搖頭。

草薙打開記事本。

「呃，我想再確認一次，妳最後看到妳先生，是在八月十八日星期一的早上，對嗎？」

「對，我記得是這樣。」昌代立刻回答，也許是因為這個問題已經被問過多次，所以她在回答時沒有看牆上的月曆。

「妳說當天妳先生和別人約好打高爾夫球，早上六點從家裡出發，我記得車子是……」草薙低頭看著記事本，「嗯，是黑色的奧迪，到目前為止，有沒有需要更正的地方？」

「不，你說得對。因為那天對面的濱田全家剛好要去伊豆還是哪裡，我記得他們那天也一大早就把行李搬上車做準備，所以就是十八日。」昌代的回答很流利。

「後來因為妳先生遲遲沒有回家，妳在隔天早上報案協尋。」

「沒錯，因為我想他可能打完高爾夫，酒喝多了，就在哪裡住了一夜。之前也曾經發生過一次這樣的情況，但隔天仍然沒有接到他的電話，於是我就打電話去和他一起打球的朋友家裡，結果對方說根本沒有和我先生約打球，所以我就擔心起來……」

「於是就報警了嗎？」

「對。」昌代點了點頭。

「妳先生在那天早上出門之後，就完全沒有和妳聯絡嗎？」
「沒有。」
「妳有沒有和他聯絡？妳先生似乎有手機。」
「我晚上打了好幾通給他，但都沒有接通。」
「是怎樣的狀況？是電話鈴響，卻沒有人接嗎？」
「不，我記得聽到語音的聲音，說目前收不到訊號，或是已關機。」
「這樣啊。」
草薙用大拇指咔嚓咔嚓按著原子筆的頭，把筆尖一下子壓出來，一下子又收了回去，這是他煩躁時的習慣動作。
柿本進一的那輛黑色奧迪在他失蹤四天後，被人發現停在埼玉縣的高速公路旁。根據警方的紀錄，雖然在周圍展開搜索，但沒有發現任何顯示柿本進一去向的線索，而且也沒有針對柿本進一的失蹤展開任何搜索。如果兩個月後，那兩名中學生沒有撿到那個金屬面具，沒有想到用那個面具製作石膏死亡面具，而且學校的音樂老師看到死亡面具後，沒有覺得很像朋友的哥哥，至今仍然不會展開相關的搜索。
在高速公路旁發現的那輛奧迪上找到了柿本進一的球袋、運動袋和高爾夫球鞋，但車上沒有打鬥的痕跡，也沒有發現血跡。當時柿本昌代也證實，車上似乎並沒有任何東西失竊。

葫蘆池離奧迪的停車位置很遠。目前認為是兇手為了防止屍體被人發現，同時為了攪亂偵查，兇手把車子開往他處。

「車子在車庫內嗎？」草薙問，因為他認為最好請鑑識人員再調查一次。

沒想到昌代一臉歉意地搖了搖頭。

「我把車子賣掉了。」

「啊？」

「因為不知道誰開過了，我覺得很可怕，而且我也不會開車。」昌代說完之後，小聲道歉說：「對不起。」

草薙覺得情有可原，如果車子留在家裡，每次看到，就會產生負面的想像，心情也會變得很差。

「柿本太太，這個問題已經問了多次，妳可能會感到很煩，但還是要請問一下，妳是否知道有人對妳先生懷恨在心，或是妳先生的死，會給誰帶來好處，或是妳先生活著，會讓別人蒙受損失之類的事嗎？」草薙在問這個問題時，並沒有抱著太大的期待。

柿本昌代雙手放在腿上，輕輕嘆了一口氣。

「這個問題真的被問了好幾次，但我也完全不知道。我這麼說或許有點奇怪，我先生個性懦弱，而且是個濫好人，有求必應，絕對不會拒絕別人。之前甚至有人找他買馬，他也拒絕不了。」

從剛才就始終沒有開口的小塚突然抬起頭。

「馬？賽馬的馬嗎？」年輕刑警激動地問，草薙想起他是賽馬迷。

「是啊，我先生並沒有很喜歡賽馬，但他朋友熱心推薦，於是就同意合資購買。」

「應該花了不少錢吧？」草薙問。

「不知道，」昌代偏著頭，她的珍珠耳環搖晃起來，「我不太瞭解詳細的情況，我猜想大約一千萬左右，我好像聽他講電話時提到這件事。」

「請問是什麼時候的事？是今年嗎？」

「對，我記得好像是春天的時候。」昌代用手摸著臉頰。

「請問妳知道那個朋友的名字嗎？就是和他合買的那個人。」

「知道，那個人姓笹岡，以前是我先生的病人。我覺得那個人鬼頭鬼腦，所以不喜歡他，但他似乎和我先生很合得來。」說到這裡，她微微皺起眉頭，也許曾經發生過什麼事，讓她對那個人有什麼不好的印象。

「可不可以請妳告訴我那個人的聯絡方式？」

「好，請稍等。」

昌代起身走了出去。

「太猛了，竟然有賽馬的馬。」小塚小聲說道，「牙科醫生果然很會賺。」他似乎聯想到治療的情況，摸了摸右側臉頰。

草薙沒有回答，重新確認剛才記錄的內容時忍不住想，不知道那匹馬目前在哪裡。

5

湯川雙手插在棉長褲口袋中站在那裡，眼鏡後方的雙眼露出不悅的眼神。

「真是太過分了。」他咬牙切齒地說，「我切身體會到那些人道德淪喪，竟然淪喪到這種程度，比起生氣，更感到悲哀。」

草薙也站在湯川身旁看著葫蘆池。和打撈屍體時一樣，這裡丟棄了各種廢材和大型垃圾，上次來的時候，並沒有見到腳邊的汽車蓄電池。

「應該只有日本人會幹這種勾當，真是寡廉鮮恥。」草薙說。

「不，也不是只有日本人而已。」

「是嗎？」

「印度的核能發電廠把具有放射性的廢棄物非法丟棄在河裡，前蘇聯也曾經把相同的東西丟在日本海。無論科學文明多麼發達，運用科學的人類心靈不進化，就會變成這種結果。」

「是使用的人類有問題嗎？創造出這些科學的科學家，心靈又如何呢？」

「科學家都很單純，如果不夠單純，就無法獲得戲劇性的靈感。」湯川冷冷地說完，走向了池塘。

「你還真會找理由。」草薙用鼻子冷笑後，跟在這位物理學家身後。

湯川站在池畔巡視著水面。

「屍體沉在哪一帶？」

「那裡。」草薙指著池塘最窄的部分說，「我們去看看。」

打撈到屍體的地方丟棄了特別多不知道從哪來的大型垃圾和金屬材料，那是把屍體打撈上來時，一起從池底撈上來的，每一樣東西都黏了一層灰色的泥土，打撈上來時附著在上面的泥巴都乾掉了。

湯川看著腳下，他的目光集中在某一點，然後蹲下來，不知道撿起了什麼東西。

「這麼快就有所發現了嗎？」草薙問。

湯川手上拿了一片三十公分見方的金屬片，草薙並不是第一次看到那樣東西，上次來這裡時，也看到好幾片。

「好像是哪家業者丟棄在這裡的廢材，目前正在尋找相關業者。」

「好像是那個面具的材料。」

「鑑識人員也這麼說，材質也相同，所以應該沒錯。」

湯川打量周圍，又撿起兩片鋁片。他看向附近的草叢，不知道又撿起了什麼。那是黑色塑膠外皮的電線。

「這條電線有什麼問題嗎？」草薙在一旁問他。

湯川沒有回答，看著電線的前端。從外皮中露出的電線前端是圓形，有被燒熔後又凝固的痕跡。

他拉著電線的另一端。另一端掉在離池塘數公尺的地方，和大約一公尺左右的輕型鋼筋纏在一起。

「屍體打撈上來時，好像也打撈到和這個相同的電線。」

湯川聽到草薙這句話時猛然回頭，連眼鏡也滑了下來。

「丟去哪裡了？」

「不，沒有丟掉，因為可能和屍體有接觸，所以應該交給鑑識組保管了。」

「我可以看一下嗎？」

「應該沒問題，我問看看。」

湯川聽了草薙的回答，心滿意足地點了點頭。

「我還想請你調查一件事。」

「什麼事？」

「你去問氣象廳，瞭解一下今年夏天打雷的日期和時間。」

「打雷？」

「如果能夠查到這一帶遭到雷擊的日子就更好。」

「這件事只要去查一下就知道了，但和打雷有什麼關係？」

湯川再度看向池塘的方向，只是意味深長地笑了笑。

「幹嘛？笑得太可怕了，你知道什麼了嗎？」草薙問。

「目前還無法斷定，等你確認之後，我再告訴你明確的結論。」

「你不要故弄玄虛，可不可以把你現在知道的告訴我？」

「很可惜，科學家在透過實驗確認之前，不會輕易說出自己的想法。」湯川把三塊鋁片和髒兮兮的電線塞到草薙手上，「那我們走吧。」

6

草薙和同事小塚一起，正在新宿某棟大棟的辦公室內和笹岡寬久見面，這家名叫「S&R Corporation」的公司看起來就很詭異。

「這裡的主要業務是賣電腦給企業，也會協助企業和軟體開發公司合作，目前好不容易步上軌道。」當草薙問及公司的業務內容時，笹岡這麼向他說明。

笹岡年紀大約四十出頭，他能言善道，在談論工作時問一答十，但仔細聽他談論的內容，就可以感受到他的才疏學淺，他所說的一切都是不值得一聽的內容。辦公室後方有一道屏風，所以看不到後方的情況，但感受不到有員工在後面的動靜。他說的那句「怎麼樣？刑警先生要不要也買一台電腦？以後會需要這方面的知識」，可以感受到他根本沒把警察放在眼裡，難怪柿本昌代會說他這個人「有點問題」。

草薙首先問他認不認識柿本進一，笹岡立刻露出嘆息的表情。

「才不是認識他而已，我的臼齒有一半是他治好的。」笹岡摸了摸下巴，「真是太可憐了，之前我聽柿本太太提到他失蹤的事，我還擔心他是不是捲入了什麼刑案。他失蹤已經兩個多月，老實說，我覺得他活著的可能性微乎其微。話說回來，真是太慘了，不知道該說什麼。」

「你有沒有去參加葬禮？」草薙問。

「不，我因為工作抽不開身，只發了唁電而已。」

「你從誰的口中得知找到了柿本先生的屍體這件事？」

「我從報紙上看到的，好像是在某所中學還是高中的文化祭上，展示了柿本先生的臉模，然後就找到了他的屍體。於是我就聯絡了他太太，問了葬禮的地點。」

「原來是這樣，有些報紙報導的篇幅很大。」

中學展示了真正的死亡面具、離奇的過程令相關人員感到不解、秋天的懸疑——草薙想起了那些報紙的標題。

「真是太不可思議了，臉部的模型為什麼掉在那種地方呢？」笹岡抱著雙臂，偏著頭說，然後露出窺視的眼神看著草薙，「警方目前有沒有查到什麼？」

「目前正在偵查，鑑識人員也很傷腦筋。」

「我想也是。」

「我那個很迷信的上司還說，會不會是死者遭到殺害的怨念印在旁邊的鋁板上變成了臉模。」

草薙在說謊，他的上司是合理主義者，討厭所有不科學的事。

「怎麼可能，應該不會有這種事啦……」

笹岡露出不自然的笑容，似乎被草薙說的話嚇到了。

「所以，」笹岡捲起亞曼尼上衣的袖子，看了一眼手錶後說，「請問今天兩位來找我有什麼事嗎？只要我知道的事，我都會告訴你們。」雖然他說話的語氣聽起來很親切，但也可以認為他在暗示自己並不知道什麼重要的事。

「我想請教一下關於馬的事。」草薙說，「就是競賽馬，聽說你曾經向柿本先生提議合買競賽馬。」

「喔，原來是那件事。」笹岡露出意味深長的表情點了點頭，「那件事真的很可惜，當初柿本先生也很期待，結果卻給他添了麻煩。」

「你的意思是，最後並沒有買那匹馬。」

「原本有一個很不錯的機會，有人要介紹我買一匹血統很純正的小馬，沒想到在我找人合資購買時被人搶先一步，雖然這種事很常見。」

「請問是掮客找上你嗎？」

「沒錯。」

「可以請你告訴我那位掮客的聯絡方式嗎？我們要確認一下，只是例行公事而已。」

「沒問題啊，只是我不知道把名片丟去哪裡了。」笹岡假裝摸著口袋，輕輕咂了一下，「慘了，我好像放在家裡了，可以之後再告訴你們嗎？」

「沒問題。小塚，你記得打電話來請教笹岡先生。」

「好。」年輕的刑警回答。

「感覺好奇怪，警方好像在懷疑我。」笹岡露出迎合的笑容說。

「很抱歉，我完全理解你會感到不舒服，但因為柿本先生的銀行帳戶有大筆資金出入，所以我們不能忽略這件事。」

「大筆資金？」

「對，一千萬圓對我們上班族來說是一大筆錢，你收到了一千萬圓的支票吧？」

笹岡輕咳了一下。

「呃，是啊，那是當初說要買馬的資金。」

「你把那張支票兌現了，請問之後怎麼處理那筆錢？」

「當然還給他了，還給柿本先生了。」

「用什麼方式？匯到他的帳戶嗎？」

「不，用現金還給他，我親自送到他家裡。」

「那是什麼時候的事？」

「什麼時候呢？有一段時間了，我記得好像是七月底。」

「在交付現金的時候，有沒有交換什麼證明？」

「他把支票交給我的時候，我寫了一張收據給他，所以把錢還給他的時候，他就把收據還給我了。」

「收據目前在你手上嗎？」

「我丟掉了，因為不是什麼美好的回憶。」

這時，笹岡又看了一眼手錶，這次的動作看起來很刻意。

「那最後再請教一個例行性的問題。」草薙特別強調了「例行性」這幾個字，「如果你可以盡可能詳細說明八月十八日之後十天的行動，我們將感恩不盡。」

笹岡的額頭一下子紅了起來，但他仍然保持微笑，輪流看著兩名刑警。

「警方果然在懷疑我。」

「很抱歉，但不光是針對你，所有人在刑警眼中都是嫌犯。」

「真希望能夠早日被排除在這份名單外。」笹岡翻開手邊的記事本，「你剛才說是八月十八日之後吧？」

「對。」

「太好了，我有不在場證明。」笹岡看著記事本說。

「怎樣的不在場證明？」草薙問。

「那天我剛好去旅行，去中國旅行兩個星期。你看，這上面不是寫著嗎？」他翻開行事曆的那一頁出示在草薙面前。

「你一個人去旅行嗎？」

「怎麼可能？和四個客戶一起去，如果你們能夠保證不會給這些客人添麻煩，我可以把他們的電話告訴你。」

「我們當然可以保證。」

「那請稍等我一下。」笹岡站了起來，走去屏風後方。

草薙和身旁的小塚互看了一眼，年輕刑警微微偏著頭。

笹岡很快就走了回來，手上拿著A４大小的名片資料夾。

「請問你們是從成田出發嗎？」

草薙在抄笹岡手指的名片上的姓名和電話時問。

「對。」

「幾點出發？」

「我記得十點左右，啊，但我八點多就到機場了。因為我們在八點半集合。」

「原來是這樣。」

草薙在腦袋中計算了時間。柿本進一在清晨六點出門，如果笹岡在中途殺害柿本，然後把屍體丟去葫蘆池，再把黑色奧迪棄置在埼玉縣，在八點多是否能夠趕到成田機場？

幾秒鐘之後，他得出了絕對不可能的結論。

7

草薙把湯川不知道從哪裡翻出來的爆米花放進嘴裡，拍著鐵桌子說：

「不管怎麼想，都覺得那個男人很可疑，絕對就是他。」他說完之後，喝了一大口即溶咖啡，雖然自來水的鐵鏽味讓人受不了，但他已經懶得抱怨這種事。

「但是敵人有堅不可摧的不在場證明。」站在窗邊喝咖啡的湯川說，他今天難得打開了窗戶，風吹進來時，吹起來遮光窗簾和白袍的下襬，也靜靜吹拂他帶著一抹棕色的頭髮。

「你不覺得很不自然嗎？在柿本進一失蹤的那一天，他剛好出國去旅行。」

「如果這是巧合，就代表這個人太幸運了。如果沒有那個不在場證明，你一定會對他進行像拷問般的嚴格偵訊。」

「這年頭不會做這種事了。」

「這就難說了。」湯川拿著馬克杯，轉身對著窗外，漸漸沉落的陽光照亮了他的臉。

草薙又把爆米花放進了嘴裡。

在調查笹岡的不在場證明時，發現他說的幾乎都正確。和他一起去旅行的公司職員證實，八月十八日上午八點半在成田機場遇到了笹岡，在之後的旅行過程中，他當然也沒有悄悄回國的跡象。

然後，從動機的角度思考，笹岡顯然是頭號可疑的對象。他口中那個競賽馬的掮客說，雖然笹岡曾經和他談起購買競賽馬的事，但從來沒有討論過具體的內容，更是第一次聽說他打算和別人合資買馬。

在調查笹岡周邊的情況後發現，他在今年夏天之前，被向多家金融機構貸款的債務壓得喘不過氣，但在夏天之後全數還清了。草薙認為柿本進一交給他的一千萬圓可能被他拿去還部分債務。

只不過在目前的狀況下動不了笹岡，因為他在時間上無法犯案。

「上次的事你去調查了嗎？」湯川再度轉頭看向室內，「就是打雷的事。」

「喔，有，當然調查了。」草薙從上衣內側口袋裡拿出記事本，「但這次的事和打雷到底有什麼關係？」

「別問這麼多，你先說調查到的情況。」

「總覺得有點排斥不瞭解目的的調查，」草薙翻開記事本，「嗯，先從六月開始。」

「從八月份開始就好。」湯川冷冷地說。

草薙瞪著在逆光中，看不太清楚表情的友人的臉。

「你之前說是今年夏天，所以我就從六月開始調查啊。」

「是喔，但只要說八月之後的就行了。」湯川並不在意朋友的焦躁，面無表情地把馬克杯舉到嘴邊。

草薙嘆了一口氣，低頭看著記事本。

「八月期間曾經發生打雷現象的地區，以關東地區來說……」

「只要東京就好，而且是葫蘆池所在的西東京。」

草薙用力把記事本甩向桌子。

「你為什麼不一開始就說清楚？如果是這樣，我就不需要調查得那麼辛苦了。」

「對不起。」湯川說，「你繼續說下去。」

「你真的有歉意嗎？」草薙嘀咕著，再度打開了記事本。

「八月只有十二日和十七日這兩天，葫蘆池附近曾經遭到雷擊，九月是十六日和——」

「等一下。」

「又怎麼了？」

「你剛才說十七日，確定嗎？的確是八月十七日嗎？」

「對啊，沒錯。」草薙確認了記事本，「怎麼了嗎？」

「是喔，是十七日嗎？八月十七日。然後下一次遭到雷擊是九月十六日。」

湯川把馬克杯放在旁邊的桌子上，把左手放進白袍的口袋裡，緩緩踱著步，右手抓著後腦勺。

「喂，怎麼了？不用繼續說下去了嗎？」草薙問在室內走來走去的朋友。

湯川突然停下了腳步，同時停下了抓頭的手，注視著半空中的某個點，好像人偶般一動也不動。

不一會兒，他輕聲笑了起來，因為實在太突然，草薙還以為他抽筋了。

「那個人去旅行了幾天？」湯川問。

「啊？」

「你認為那個可疑的人物啊，他去中國幾天？」

「喔……兩個星期。」

「兩個星期，也就是說，九月初才回到日本。」

「是啊。」

「有沒有可能是在他回國之後犯案呢？這麼一來，讓你傷透腦筋的所謂堅不可摧的不在場證明，不是就沒問題了嗎？」

「我當然也想過這種可能，但行不通。」

「是死亡時間的關係嗎？」

「是啊，聽專家說，從屍體腐爛的情況來看，最晚在八月二十五日左右遭到了殺害，不可能是九月之後。」

「是喔。」湯川在旁邊的椅子上坐了下來，「不可能是九月之後遭到殺害喔，原來是這樣。」他微微晃動著肩膀笑了起來，「我就知道，一定就是這樣。」

「什麼意思？」

草薙問，湯川蹺起了腿，雙手交握後放在腿上。

「草薙刑警，你似乎犯了一個大錯。不，說你犯錯太可憐了，因為你只是落入了兇手設下的圈套。」

「你說什麼？」

「我告訴你一個秘密，」湯川用指尖推了推眼鏡，「行兇時間是在八月十七日之前。」

「啊？」

「沒錯，也就是說，被害人八月十七日還活著的證詞是說謊。」

8

在那兩名中學生發現金屬面具剛好滿三個星期的星期天，柿本昌代終於承認了和笹岡寬久的共犯關係。當時笹岡已經遭到逮捕，她似乎也作好了某種程度的心理準備，當告訴她在車庫的鐵捲門上採集到笹岡的指紋後，她很快就說出了真相。

「是他說要殺了我先生，我雖然不想那麼做，但他威脅我，如果不聽他的話，就要把那件事告訴我先生，我在無可奈何之下，只能配合他。」

昌代情緒激動地訴說。她說的「那件事」，就是她和健身房教練外遇的事，笹岡得知了這件事，然後以此威脅她。

但笹岡有不同的說法。

「我慫恿她？根本沒這回事，是她來找我商量，她老公知道她外遇的事，想要和她離婚，問我該怎麼辦，還說只要幫她解決這件事，我借的那筆錢就可以一筆勾銷。對，她說買馬的錢也可以不必還了，不，我當初真的打算買馬，才暫時收下那筆錢，完全沒有想要騙他的念頭。那個女人實在太過分了，我完全被她利用了。」

負責偵訊的刑警也無法立刻判斷哪一個人說的是實話，草薙猜想雙方說的內容中，都有一半是真，另一半是假。因為在回顧犯案過程時，發現雙方的行動都很積極。

根據他們的供詞，實際犯案的是八月十六日深夜。柿本進一在泡澡時，昌代讓笹岡進入家中，用鐵鎯頭打死他。

隔天清晨處理了屍體。笹岡用柿本家的奧迪把屍體運到葫蘆池丟棄，回程時將奧迪棄置在埼玉縣內。

問題在於隔天，他們為了製造完美的不在場證明，必須製造柿本進一隔天早晨還活著的假象。於是就準備了同型的奧迪，讓附近鄰居看到那輛車從柿本家的車庫開出來。

沒想到這個小動作反而成為他們的致命傷。

在推測出犯案時間是在十七日之前，草薙開始思考笹岡當時從哪裡借奧迪。在調查後發現，他一起玩賽馬的馬友中，有一個人有同款的車子。那個人似乎和犯案無關，一問之後，立刻承認曾經在八月十八日借車給笹岡。

一旦瞭解真相後，就會發現其實是很簡單的圈套，由於一開始是因為柿本昌代的證詞，導致草薙懷疑笹岡，所以完全沒有想到他們兩人是共犯的可能性。他們認為警方遲早會盯上笹岡，所以將計就計，結果草薙就落入了他們的圈套。

「到底怎麼會想到可能是十七日以前犯案？」草薙的上司問了好幾次這個問題。

草薙每次都指著腦袋回答：

「嗯，因為這裡裝的東西不一樣。」

9

草薙跟著湯川來到那棟建築物的門上寫著「高壓電研究室」，而且還用黃色的文字寫著「危險 外人絕對禁止入內」。看到這些，就讓他有點卻步，走進裡面一看，更讓他不敢繼續走進去。

只有在電視或是照片中看過的巨大電瓷瓶出現在眼前，簡直就像發電廠的一部分移到了這個房間內。地上有無數電纜，簡直就像是無數條蛇盤踞在那裡。

「走進這種地方，感覺不能隨便亂碰亂摸。」草薙對大步走在前面的湯川說，「我很怕電這種東西，總覺得很容易觸電，但事實上應該沒這回事。」

湯川停下腳步，轉頭看著他說：

「不，真的有這回事。」

「啊？」

「比方說，你旁邊那個小箱子，你覺得那是什麼？」

聽湯川這麼說，草薙看向右側，那裡放了一個像大型暖爐般的金屬箱，上面只有兩個突起來的東西，看起來不像是什麼儀器。

「完全不知道，那是什麼？」

「電容器，」湯川說，「也叫蓄電器，你應該聽過這個名字吧？」

「喔，原來是電容器，我記得上物理課時曾經學過。」草薙在回答的時候忍不住納悶，為什麼自己要露出迎合的笑容。

「你可以摸摸看突起的部分。」

「不會有事嗎？」草薙戰戰兢兢地伸出手。

「可能沒事，」湯川用淡淡的口吻繼續說了下去，「但也可能觸電，你整個身體可能會彈出去。」

草薙慌忙把手收了回來，「你在開玩笑吧？」

「原則上，這裡的電容器都是完全放電的狀態，但長時間放置時，可能會因為靜電作用逐漸帶電。這種等級的電容器完全充電後，你的身體馬上就完蛋了。」

草薙立刻退後，跑向湯川。

「搞什麼嘛，既然這樣，幹嘛叫我摸。」

「別擔心，你仔細看，電容器的那兩個突起部分不是沒有連結電纜嗎？這樣的話，就不會充電。」湯川呵呵笑了幾聲，再度走了起來。

凌亂的實驗室中央有一個長方形水箱，差不多像家庭的浴缸那麼大。因為是用透明壓克力做的水箱，所以可以清楚看到裡面裝了水，水裡面沉了很多東西，還有電線從水箱裡拉出來。

湯川站在水箱旁，看著水箱內。

「你過來一下。」

「你該不會又想嚇我了吧？」

「你可能會嚇到，但為了你的工作，這也無可奈何啊。」

草薙在湯川的催促下向水箱內張望，忍不住「啊！」了一聲。

他首先看到水裡沉了一個假人模特兒的頭。看起來像是女人，但並沒有戴假髮，在離假人頭數公尺的地方，設置了一塊薄鋁板，在離鋁板數公分的地方又設置了電線，那一部分的電線外皮被剝掉了，裡面的導線看起來也好像快斷了。

「我重現了葫蘆池的狀態。」湯川說。

「當時是這樣的狀態嗎？」

「應該是。」

「在這種狀態下，要怎樣完成那個金屬面具？」

「接下來就會讓你親眼看到。」

湯川沿著從水箱拉出來的電線移動，電線前端連結了一個看起來像是手工製作的裝置。剛才湯川用來嚇唬草薙的電容器也是裝置的一部分，但這個電容器相當大。

「這是簡單的雷電產生裝置。」湯川向他說明。

「雷電？」

「那裡不是有兩個相對的電極嗎？」他指著三公尺外的位置問。

那裡有一個裝置將兩個銅製圓形電極以相距數十公分的距離固定在那裡。仔細一看，發現從水箱裡拉出來的電線連在其中一個電極上。

「那裡會產生小型的雷。」

「然後會怎麼樣？」

「在葫蘆池不是撿到了電線嗎？」

「對。」

「那裡的電線纏在掉落在池邊的鋼筋上，你還記得嗎？」

「好像是這樣。」

「根據你的調查，八月十七日，那一帶下了一場很大的雷陣雨。不僅如此，還有一個很大的雷打在池畔。」

「打在那根鋼筋上嗎？」

「對。」湯川點了點頭，「鋼筋發揮了避雷針的效果。你應該也知道，雷就是電，你可以想像雷雲中蓄積的電能對著鋼筋瞬間釋放。」

草薙點了點頭，即使他對科學一竅不通，也能夠想像這種狀況。

「鋼筋吸收的電能之後去了哪裡？通常會被地面吸收，事實上，也的確有一部分電能被地面吸收了，但鋼筋上纏著更容易導電的電線。大部分電能透過電線，向池塘內釋放。」湯川說完，指了指壓克力的水箱。

「然後呢？」草薙催促湯川繼續說下去。他能夠理解到目前為止的說明。

「但是，」湯川說，「如果電線不夠粗，無法傳遞這麼大的電能，會有什麼結果？或是有一部分很細，快要斷掉的話，會有什麼結果？」

草薙想了兩秒鐘後，搖了搖頭。

「不知道，會有什麼結果？」

「這就是接下來要實驗的內容。」湯川從白袍口袋裡拿出一副眼鏡遞到草薙面前。

「這是什麼？」

「安全眼鏡，沒有度數，為了以防萬一，你戴上吧。」

「以防萬一？」

「可能會有碎片飛出來。」

草薙聽了湯川的話，慌忙戴上了眼鏡。

「那就開始了。」湯川將機器的轉盤緩緩向右轉動，「電容器目前正在充電，你可以認為正在形成雷雲。」

「雷應該不會因為有什麼閃失，打到我們這裡吧。」草薙問。他當然是在開玩笑。

「不會。」

「是喔。」

「如果線沒有接錯的話。」

「啊？」草薙看著湯川嚴肅的側臉。

「電容器即將充電完成。」湯川看著電極說，「兩個電極之間有幾萬伏特的電位差，只有名為空間的牆壁隔絕在兩極之間，當電位差大到足以衝破這道牆……」

湯川說到這裡，草薙聽到了巨大的衝擊聲，同時看到兩個電極之間劃過一道閃電，水箱內部也同時響起沉悶的破裂聲。

「怎麼回事？」

草薙正打算跑向水箱，湯川抓住了他的手臂制止了他。

「在最後關頭觸電死亡就太蠢了。」湯川操作了幾下，拍了拍草薙的後背說：「好，現在可以去看了。」

他們一起跑向水箱，草薙看向水箱內，忍不住「啊！」了一聲。

「你似乎對成果很滿意。」

湯川把雙手伸進水箱，把假人頭拉了起來，薄鋁板黏在假人頭的臉上。他小心翼翼地把薄鋁板拉了下來，遞到草薙的面前說：「這是你訂購的商品。」

草薙接了過來，仔細打量著，鋁板變成了完美複製假人頭臉部凹凸的模型。

「這是什麼名堂……？」

「衝擊波。」

「什麼？」

「因為投入了強大的電能，電線中間被燒斷了，而且是在瞬間燒斷，就好像保險絲燒斷一樣。」

湯川把電線從水箱中拉了出來，電線的前端被燒圓了，草薙想到和在葫蘆池撿到的電線一樣。

「這時，水中會產生強烈的衝擊波，會讓周圍的東西承受推向外側的力量，於是就把鋁板推向假人頭的臉上。」

「結果就完成了這個嗎？」

「這是以前廣為人知的技術，但現在應該沒有人再使用這種方法製作任何東西了，我也是第一次做實驗，是一次很好的經驗。」

「真是不可思議啊……」

「沒什麼不可思議啊，這是理所當然的結果。我之前應該也曾經對你說過，這個世界上很多所謂不可思議的現象，其實都是流體的惡作劇，這次也一樣。」

「不，我說的不可思議不是指這個意思。」草薙抬起了頭，「如果沒有發現那個面具，就不會發現屍體，當然也不可能根據雷擊推測出行兇的日期。這麼一想，就覺得是柿本進一的怨念變成了那個面具，雖然我知道你向來討厭怪力亂神，一定會覺得這種想法很蠢。」

草薙猜想湯川一定會嘲笑自己，沒想到湯川並沒有笑，而是從白袍口袋裡拿出了折起的一張紙，似乎是影印的內容。

「你還記得第一次聽你提到金屬面具時，我曾經問你來福槍的事嗎？我問你是不是有人在葫蘆池周圍用來福槍打獵。」

「嗯，我記得，你為什麼會問那種問題？」

「不瞞你說，我在當時就想到會不會是水中的衝擊波做出了那個面具，只不過不知道衝擊波發生的原因，所以我最先想到了來福槍。」

「來福槍有辦法產生衝擊波？」

「向水裡發射子彈時，就會產生同樣的衝擊波，只不過手槍的子彈無法讓金屬成型，至少要來福槍的威力。」

「是喔。」草薙不太能想像，不置可否地點了點頭，「和這次的事件有什麼關係？」

「做金屬牙套的技術中，有一種就是運用來福槍的衝擊波，這是某大學的研究成果。」湯川把手上的紙遞到草薙面前，「這是那篇論文的影本，你可以看一下。」

「我即使看了——」

「先看一下再說。」湯川伸長了拿著紙的手。

草薙瀏覽了論文影本，果然都看不懂。

「這篇論文有什麼問題嗎？」

「你看一下發表者的名字。」

「發表者？」

草薙重複了湯川的話之後，才看向論文標題旁邊。那裡寫了三個人的名字，看到第三個名字時，他「啊！」地叫了一聲。

因為上面寫著柿本進一這個名字。

「被害人在學生時代曾經研究運用衝擊波成型的技術，」湯川似乎覺得很有趣，「在變成屍體丟進池塘後，他的靈魂想起了自己以前研究出的技術，完成了那個金屬面具，你覺得這個故事怎麼樣？」

草薙忍不住感到發毛，但隨後笑了起來，看著眼前的物理學家。

「科學家不是不相信怪力亂神嗎？」

「科學家也會開玩笑啊。」

湯川揚起白袍的下襬，轉身走向出口。

第三章 壞死

1

男人一直摸著聰美的大腿，似乎還在享受情愛的餘韻。她輕輕推開他的手，用掛在椅子上的浴巾裹住身體，坐在鏡子前，從皮包裡拿出梳子梳理頭髮時，聽到糾結的頭髮發出斷裂的聲音。

男人轉動臃腫的身體，從桌上拿了香菸，叼了一根在嘴上，用拋棄式打火機點了菸。聰美剛和他交往時，就知道他是捨不得在自己身上花一毛錢的吝嗇鬼。

「那件事，妳考慮得怎麼樣了？」男人把兩個枕頭疊在一起，靠在枕頭上問她。

「哪件事？」她邊梳頭髮邊問。

「妳忘了嗎？就是同居的事啊。」

「喔。」

她當然沒忘，只是不想討論這個話題。

「如果你這麼做，你兒子不是會有意見嗎？」

「不必擔心他，他已經是大人了，而且最近很少回家。自從我老婆死了之後，他更不想回家了。不管我做什麼，他都不會有任何意見。」

「是喔。」

「我說聽美啊，」男人把香菸放在菸灰缸上，從床上爬過去，然後從背後抱住了聽美，「妳搬來和我一起住，我一刻也不想離開妳。」

「你這麼說，我當然很高興……」

「那不就好了嗎？不管妳要什麼，我都買給妳，而且，對了，妳之前向我借的那些錢也可以一筆勾銷，妳哪裡還遇得到這麼好的事？」

「嗯，我考慮一下。」

「有什麼好考慮的？啊，還是說，妳該不會……」男人用力抓住聽美的肩膀問：「妳該不會有其他男人？」

「沒有啦。」聽美對著鏡子中的男人笑了笑。

「妳沒騙我吧？如果妳有了其他男人，想和我分手……」

「就得先把錢還給你——我知道。我很感激你，所以不會背叛你。」

「拜託妳要說到做到，我這個人，一旦動了怒，什麼事都做得出來。」說完，他做出掐住她脖子的動作。

內藤聽美在杉並租屋而居，那是在密集的住宅區內的一棟兩層樓公寓，位在二樓的邊間是一房一廳的格局。

她正打算走上樓梯時，有一個人從腳踏車停放處冒了出來。

「聰美……」

聽到有人叫自己的名字，她嚇了一跳。定睛一看，發現站在黑暗中的是田上昇一。

「嚇我一大跳，你為什麼會在這裡？」

「我在等妳啊。」

聽到田上一如往常陰森的語氣，聰美有點不耐煩。

「你不要隨便來這裡等我，如果有什麼事，在公司說不就好了嗎？」

「我知道啊，」田上露出憤恨的眼神，「所以不是叫妳今天下班之後去商店見面嗎？」

「啊！」聰美捂著嘴，「有這回事嗎？」

「今天上午，我不是這麼對妳說的嗎？」

「對不起，我忘了。」

「算了……現在可不可以陪我一下？喝杯咖啡也好。」

「現在嗎？明天不行嗎？我累了。」

「一下子就好。」

田上哀求的眼神讓聰美覺得很厭煩，但自己讓他白白等了這麼久，更何況她想到自己欠他的錢仍然沒還。

「真的只能一下子喔。」她說。

他們一起走進車站前的咖啡店。田上點了咖啡，聰美點了百威啤酒和薯條。

「你有話就快說，我真的很累。」她冷冷地說完，咬著薯條，喝了啤酒吞下去。

田上喝了一口咖啡，然後坐直了身體。

「我希望妳收下這個。」

他把一個小盒子放在桌上。

「這是什麼？」

「妳打開看看就知道了。」

聰美覺得這下子又會沒完沒了，但還是拿起盒子，打開了包裝。小盒子裡裝了一枚銀色的戒指。

「這是我趁組長不注意時做的。」田上興奮地說。

「是喔，你的手真靈巧。」

戒指用小花和葉子做為裝飾，聰美覺得這種少女款式很低俗。

「妳應該知道我的心意，」田上說，「我希望妳可以和我一起回新潟，這是我人生最大的心願。」

聽美抬眼看著他的臉，然後打開皮包，拿出萬寶路淡菸。因為之前就聽他說過這番話，所以她並不感到驚訝。

「回新潟幹嘛？」

「就是……成家啊，我爸爸也說我差不多該回去繼承家業了。」

「成家」這種老套的說話似乎很適合他，聽美覺得很好笑，但如果沒有記錯，他才剛滿二十五歲。

「我記得這件事已經拒絕你很多次了，我現在還不想和任何人結婚。」

「妳別這麼說，希望妳認真考慮一下。我一定會讓妳幸福，為了妳，我什麼都願意做。」田上好像在祈禱般在胸前握著雙手。

為什麼我周圍的男人都是這副德性。聽美感到很煩，和田上只上過一次床，他就以為自己是他的女人。

這個男人可以輕易擺脫，另一個男人才是麻煩，必須設法解決——她忍不住想起才剛道別的那個男人。

「還是說，有什麼其他的原因？」田上問。

「其他的原因？」聽美把頭轉到一旁，吐了一口煙。

「不能和我結婚的原因啊。」

「你……」她原本想說「你別亂猜了」，但隨即閉了嘴，把香菸的菸灰彈在菸灰缸裡，「你說對了，也不是完全沒有。」

「是什麼原因？只要是我能做到的事，妳都可以說。」田上探出身體。

聽美看著一臉嚴肅的田上，忍不住想要逗他。於是她問：

「那你願意為我殺人嗎？」

「呃……」

「有一個男人一直糾纏我，說什麼除非我付他錢，才願意和我分手，那是我根本付不出的金額。在和他的事情解決之前，我沒辦法考慮結婚的事。」

「這……」果然不出所料，田上臉色發白。

聽美噗哧一聲笑了出來。

「騙你的啦，當然是開玩笑，怎麼可能因為這樣就殺人。」

田上稍微放鬆了臉上僵硬的表情。

「妳真的是開玩笑吧？」

「是啊，我也沒那麼傻。」聽美在菸灰缸裡捺熄了手上的香菸。

聽美在半夜一點多才回到家。

和田上分手後，她覺得心情很煩躁，一個人去喝了酒。她獨自坐在吧檯時，有好幾個男人都上前來搭訕，但一看那幾個男人的衣著，就知道他們是窮光蛋。

她倒在床上，床邊的衣架上掛滿了名牌衣服，這些衣服也是她落入目前境地的原因。

這時，電話響了。這麼晚了，誰打電話來？她接起電話時忍不住這麼想。

「喂？是我。」電話中傳來田上的聲音。

「喔……又怎麼了？」

「嗯，那個……」田上有點吞吞吐吐。

「有什麼事嗎？我想睡覺了，有話就快說。」

「啊，對不起。呃……剛才的事，妳真的是開玩笑嗎？」

「啊？」

「和妳分開後，我想了很多，覺得也許妳真的很為難，想要殺了那個男人……」

「……如果是這樣呢？」

「如果是這樣，我有一個好方法。」

「好方法？」

「嗯，看起來絕對像是生病死亡，即使知道是他殺，警察也絕對想不到是什麼方法。」

「是喔。」

「所以，如果妳真的有這種想法，我也可以幫忙——」

「別鬧了，晚安。」她掛上了電話。

2

高崎紀之已經有五個月沒回位在江東區的老家了，這也是他在母親死後第一次回家。即使父親要他回家參加法事，他也都以一句「大學很忙」打發。只要這麼說，只有高中畢業的父親就不會再囉嗦什麼。

紀之很討厭父親邦夫，只要老婆、兒子多花一毛錢，他就會囉哩囉嗦，但在外面女人身上花錢毫不手軟。每次為這件事數落他，他都會說：

「少囉嗦，是誰賺的錢！」

邦夫以為自己開了一家小超市，就是他人生最大的驕傲。

紀之覺得母親也是因為嫁給這種老公才會早死，邦夫也一定認為老婆死了反而可以節省不必要的人事費用。

紀之目前就讀位在吉祥寺的一所大學，雖然住在家裡也可以輕鬆通學，但為了逃避每天看到父親的痛苦，他獨自住在學生公寓內。邦夫每個月匯給他的金額付了房租就所剩無幾，所以進大學至今兩年多的時間，他有一大半的時間都在打工。

父親是死愛錢的吝嗇鬼，他今天回家當然也不是為了向父親要錢，而是準備回家拿自己房間內的一些電腦軟體。

走進大門時，他看了一眼手錶。下午兩點多。非假日的這種時間，父親不可能在家。但當他把鑰匙插進玄關門的門鎖轉動時，忍不住偏著頭，因為鑰匙轉不動。他拉了一下門把，發現門打開了，他忍不住咂著嘴。搞什麼啊，原來老爸在家——

他懶得改天再回家，就直接走進屋內，然後豎起耳朵，想知道父親在哪個房間，但沒聽到任何動靜。

紀之走上樓梯，走進位在二樓的自己房間，把想要找的東西塞進了手邊的紙袋裡。如果順利，也許可以不必和父親打照面。

他拿了東西，悄悄走下樓梯，果然沒有聽到任何動靜。

經過走廊時，發現盥洗室的門打開一半，他瞥了盥洗室一眼。那裡也同時是進入浴室前脫衣服的地方，洗衣機上的籃子內丟著應該是邦夫的衣服。

紀之撇著嘴。大白天就在家裡泡澡，還真是好命——

他懶得向父親打招呼，躡手躡腳地走向玄關準備離開。

就在這時，電話響了。

紀之急忙想要穿鞋子，無線電話的子機掛在盥洗室的牆上，即使在洗澡時有人打電話來家裡，也可以隨時接電話。

沒想到父親沒有用子機接起電話，鈴聲一直響個不停。

紀之回頭看向浴室。父親不可能沒有聽到電話鈴聲，所以他不在浴室，也不在家裡嗎？

紀之脫下鞋子走回走廊，電話傳來答錄機的聲音，接著是一個年輕男人的聲音。你好，我是某某房屋的森本，不知道之前的事，您考慮得怎麼樣了？我會再和您聯絡。接著傳來嗶的電子聲。

紀之探頭向盥洗室內張望，盥洗室和浴室內都亮著燈。

籃子裡的確是邦夫的衣服，紀之以前看過那件很醜的粉紅色POLO衫。

他不經意地低下頭，發現地上掉落了一隻手套，是看起來很髒的棉紗手套。紀之忍不住納悶，因為他知道父親向來不做那種會碰到機油的重活。

他把手伸向浴室的門，然後用力推開。

高崎邦夫躺在細長形的浴缸中，伸直兩腿，兩手放在身體兩側，靠在浴缸邊緣的脖子不自然地垂了下來。

紀之急忙關上了門，拿起無線電話，他心跳加速，但並不是因為恐懼或是受到打擊。

因為他滿腦子只想到——現實生活中竟然會有這麼稱心如意的事！

3

鞋底和體育館地板摩擦發出了嘰嘰聲，不時聽到的咚、咚聲，是用力往前踏的聲音。這些聲音都讓草薙懷念不已。

目前正在進行雙打比賽，湯川學是其中一隊的成員，他正準備發球。

球壓低掠過球網的上方，落在前發球線的位置。這是湯川最拿手的球。對方打回一個高球，湯川的隊友從後方扣殺。雙方你來我往一陣子，一個機會球落在湯川的面前。湯川看似用力揮動球拍，但羽毛球慢了一拍，慢悠悠地落在敵隊面前，對方完全來不及反應。

裁判宣告比賽結束，雙方隊員笑著握手。

湯川退了場，草薙向他輕輕揮手。

「太猛了，你的球技絲毫不比當年差啊。」草薙說，「最後那一球，我以為你要扣球，沒想到是削球。」

「是扣球，我打的是扣球。」

「啊？但是。」

「你看這個。」湯川把手上的球拍遞到草薙面前，中央有一根拍線斷了，「好像剛好打在拍線斷掉的地方，你竟然以為那是削球，可見當年名將也走下坡了。」

草薙皺著眉頭，拿著球拍揮了兩、三下，感覺很不錯。

「偶爾要不要來打羽毛球，整天在警察局的道場練柔道和劍道也很無聊吧。」湯川用毛巾擦拭身體時說。

「怎麼可以把警察的格鬥訓練和物理學教授的休閒活動混為一談？算了，等我手上的工作告一段落，就來和你比試一下。」

「看你臉上的表情，是不是又遇到棘手的案子了？」

「嗯，是啊，說棘手，真的很棘手。」

「所以就來找我討論嗎？」

「不，這次你可能幫不上忙，因為屬於不同的領域。」

「不同的領域？」

「是啊，我想應該屬於醫學的領域。」草薙說完，把手伸進上衣內側口袋，拿出一張拍立得相片，「這是這次的死者。」

湯川看著屍體的照片，並沒有露出不快的表情。

「如果這個世界上有所謂幸福地死去，泡澡時死去或許也算是其中之一。如果死在廁所，就好像整個人生都沾上了污點。」
「你看了屍體之後，有沒有發現什麼？」
「嗯，看起來沒有特殊的外傷……胸前的斑點是什麼？」
「問題就在這裡。」草薙也看著照片。
照片上是一具泡在浴缸裡的屍體。死者名叫高崎邦夫，住在江東區的超市老闆。
他兒子發現了他的屍體，但並沒有立刻報警，而是先打電話給熟識的醫生，請醫生上門，因為他兒子當時做夢也沒有想到謀殺的可能性。
醫生知道高崎邦夫的心臟不好，所以接到通知時，以為他心臟病發作，沒想到看到屍體後覺得太奇怪，於是報了警。
轄區警局的偵查員立刻趕到現場，但他們也無法分辨死者離奇死亡的原因到底是意外，還是生病所致，或是遭到謀殺。於是，負責人就聯絡了警視廳。
警視廳派了刑事調查官前往瞭解情況，當時也有幾名偵查員同行，草薙就是其中一人。
「刑事調查官大人的見解如何？」湯川很有興趣地問。
「他說——第一次看到這種屍體。」
「是喔。」

「最簡單的結論，就是在洗澡時心臟病發作死亡，更何況現場既沒有打鬥的痕跡，如果沒有不尋常的地方，大家都會接受這樣的結論。」

「所以這次有不尋常的地方。」

「就是胸口的斑點。」草薙指著照片中的一部分。

高崎邦夫右側胸口有一片直徑十公分左右的斑點，灰色的斑點看起來不像燙傷或是內出血的痕跡，他的兒子也證實，父親身上以前沒有這種斑點。

「解剖結果，發現了驚人的事實。」

「什麼事實？不要故弄玄虛，趕快說啊。」

「灰色部分的細胞完全壞死。」

「壞死？」

「人死後不久，皮膚細胞就會逐漸壞死，但這片斑點部分並不屬於這種情況，好像是在瞬間遭到破壞。」

「瞬間遭到破壞。」湯川把擦完身體的毛巾放進運動包，「有沒有這種疾病呢？」

「負責解剖的法醫說，沒聽過有這種病。」

「有沒有使用了什麼藥物的可能性？」

「從屍體中並沒有檢驗出任何藥物，法醫也說，不知道有沒有這種藥物。總之，除了這塊斑以外，可以認為死因是心臟麻痺。」

「也不是沒有方法可以造成心臟麻痺。」湯川嘀咕說。

「你是說觸電身亡嗎？我們當然也想到了這種可能，可以把插了電的延長線丟進浴缸，但這種方法致死的機率不高。雖然詳細情況我也不是很清楚，好像和電流的通路有關。」

「兩個電極之間最短路線的電流密度最高，如果要用觸電的方法致人於死地，就要用電線夾住心臟。」

「專家認為，即使用這種方法讓人觸電死亡，也絕對不會造成這樣的斑點。」

「看來暫時無解。」湯川笑了起來。

「所以就來看看你，當作是來散心。」

「只要你不嫌棄我這張臉，儘管來看啊。」

「你等一下有事嗎？如果沒事，要不要難得去喝一杯？」

「我無所謂啊，你手上有這麼麻煩的案子，跑去喝酒沒問題嗎？」

「正因為不知道是不是刑事案件，所以才在傷腦筋啊。」草薙說。

他們走進學生時代在羽球社練習之後經常去喝酒的居酒屋，站在吧檯內的老闆娘還記得草薙，一臉懷念地和他聊了起來。得知他目前是刑警時，表達了「是喔，你以前看起來最老實，人真是不可貌相」的奇妙感想。

聊了一陣子往事後，他們又聊回那具離奇的屍體。

「那個超市老闆有什麼會遭人殺害的原因嗎？」湯川把生魚片送進嘴裡時問。

「聽他兒子說，很可能遭人懷恨在心。因為他當年白手起家，終於開了這家規模不大的超市，所以為了錢，做過不少骯髒的勾當，至於具體是什麼事，他兒子也不知道。」草薙回答後，把柳葉魚的頭咬了下來。

「除了離奇的死因以外，還有什麼不自然的地方嗎？」

「沒有任何可以斷言是不自然的地方，目前推測死亡時間是發現屍體的前一天晚上十點到凌晨一點之間，在這個時間洗澡也很正常，家裡也沒有被翻動的痕跡，更沒有打鬥的痕跡，唯一令人在意的事，就是玄關的門沒有鎖。死者高崎邦夫在五個月前太太死了之後，都一個人住在家裡，所以通常在洗澡之前，應該會檢查門是否鎖好。聽他兒子說，他在這方面也很謹慎。」

「也許那天剛好忘記了。」

「有可能。」草薙點了點頭，喝起了啤酒。

湯川為草薙的杯中倒了啤酒，輕聲笑了起來。

「笑什麼？太可怕了。」草薙說。

「沒有啦，不好意思，我只是在想，萬一在這種情況下發現可疑人物該怎麼辦。」

「什麼意思？」

「因為根本不知道行兇的方法，所以你也沒辦法偵訊嫌犯。如果嫌犯說：『刑警先生，既然你認為是我殺的，那請你告訴我是怎麼殺的』，你要怎麼回答？」

草薙聽了湯川像在調侃的問題，忍不住皺起了眉頭。

「在偵辦這起案子時，我會盡量遠離偵訊室。」

「嗯，這才是聰明的做法。」

兩個人喝完四瓶啤酒後決定離開。

走出居酒屋時，草薙看了一眼手錶。才九點剛過。

「要不要去續攤？」草薙說，「偶爾去銀座開開眼界。」

湯川搞笑地向後一仰。

「怎麼回事？你領到獎金了嗎？」

「死者高崎經常去銀座一家酒店，我想去那裡看看。」

高崎家的信箱有一封那家酒店寄來的信，裡面是請款單，他兒子看了請款單上的金額後斷言：「我那個吝嗇鬼老爸不可能花這麼多錢，只是去喝酒而已，所以那家酒店顯然有讓高崎著迷的小姐。」

「我很想說，如果你請客，我樂意奉陪。」湯川做出把手伸進上衣口袋摸皮夾的動作，「但其實偶爾也該奢侈一下，反正我們不必擔心家庭會遭到破壞。」

「我們應該趕快建立該好好保護的家庭。」草薙輕輕拍了拍湯川的背。

4

那家酒店名叫「稀奇」，微暗的燈光下有好幾張桌子，內部裝潢典雅，氣氛很沉穩。

兩名長髮小姐在他們的酒桌坐下後，好像在確認般問他們是不是第一次來這家店。

「我聽高崎先生提過這家店，」草薙用小毛巾擦手時說，「高崎先生是這裡的常客吧？」

「那位、高崎先生？」小姐有點驚訝地瞪大了眼睛。

「就是開超市的那位高崎先生啊。」

「是喔。」小姐看了看草薙，又看了看湯川，然後探出身體小聲地說：「你們不知道嗎？」

「知道什麼？」

「高崎先生……」小姐看了一下周圍後說：「他死了。」

「啊！」草薙故意誇張地瞪大了眼睛，「真的嗎？」

「真的，就在兩、三天前。」

「我完全不知道，你聽說了嗎？」草薙假裝問湯川。

「我也是第一次聽說。」湯川面無表情地回答。

「為什麼死了？生病嗎？」草薙問陪酒小姐。

「原因有點搞不太清楚。聽說好像是心臟麻痺，死在家裡的浴缸裡，被他兒子發現了。」

「妳知道得真清楚啊。」

「因為報紙上刊登了，媽媽桑看到後嚇了一跳，拿給大家看。」

「是喔。」

草薙也知道，在發現屍體的隔天，早報上刊登了一小篇關於高崎邦夫離奇死亡的報導。

「你們和高崎先生是什麼關係？」

「嗯，算是酒肉朋友吧，但既然他死了都不知道，恐怕連酒肉朋友都稱不上。」草薙說完，點了兌水酒。

「請問你們是做什麼工作？」

「我的工作嗎？就是普通的上班族，但他可不一樣，他是帝都大學物理研究室的年輕副教授，而且還是諾貝爾獎的未來之星。」

草薙用這種方式介紹了湯川，兩位小姐驚嘆地叫著：「是喔，好厲害。」

「沒什麼厲害，」湯川冷冷地說，「而且我也不是什麼諾貝爾獎的未來之星。」

「你別謙虛了，要不要把名片拿出來給她們看一下。」草薙說，「免得她們不相信。」

草薙的言外之意，就是請湯川協助，讓對方卸下心防。湯川似乎心領神會，很不甘願地把名片遞給眼前的小姐。

「好厲害，物理學研究室第十三研究室是研究什麼的地方？」

「研究用後牛頓力學近似方法解釋相對論和達爾文的進化論。」

「呃？這是什麼？聽起來好難啊。」

「反正就是對普通人來說，完全沒有屁用的研究。」湯川一臉無趣的表情，把裝了兌水酒的酒杯端到嘴邊。

「高崎先生來這裡的時候，也是找妳坐檯嗎？」草薙問小姐。

「我有時候會坐他的檯，但通常都是聰美，因為他喜歡聰美。」

「哪一個小姐？」

「就是那一桌穿黑衣服的女生。」

草薙看向小姐手指的方向，看到一個穿黑色迷你裙套裝的女生正在陪其他客人，年紀大約二十出頭，一頭披肩直髮。

「等一下可以請她來坐一下檯嗎？」

「可以啊。」

十分鐘後，這個願望就達成了，因為聽美的客人很快就離開了。

草薙又用剛才相同的招數消除了聽美的警戒，而且還成功地問出了「聽美」是她的本名。

「人真的不知道什麼時候會發生什麼事，高崎先生身體那麼好，沒想到竟然泡個澡就死了。」草薙重重地嘆了一口氣。

「我也嚇了一大跳。」聽美說。

「妳也是看報紙知道的嗎？」

「對啊。」

「是喔，那一定很驚訝。」

「我完全不敢相信。」聽美微微嘟起了嘴。

除了說話方式，她的每一個動作都很慵懶。如今化了妝，可能不容易察覺，但草薙猜想白天看到她，她一定是那種睡眼惺忪的表情。她也知道有些男人就是迷戀這種感覺，而且根據他接觸罪犯多年的經驗，知道這種女人未必都很遲鈍。

草薙觀察著聰美用拋棄式打火機點菸的樣子，她的右手中指和無名指上戴著戒指。

「妳白天都在做什麼？」湯川突然插嘴問。

「啊？白天嗎？」

「對，妳白天有做其他工作吧？」

不知道是否因為湯川的語氣很肯定，聰美點了點頭。

「妳做什麼工作？」草薙也忍不住問：「是普通的粉領族嗎？」

「對。」

「要不要讓我猜一下是哪個行業？」湯川說，「製造業，也就是工廠。」

聰美用力眨著眼睛。

「你怎麼知道？」

「那是物理學的基本。」

聰美聽了湯川的回答後正想說什麼時，有人叫她的名字。她說了聲：「我過去一下。」離開了座位。

草薙立刻攤開手帕，拿了她留在桌上的拋棄式打火機。打火機上印了「稀奇」的店名。

「現場採集到不少被害人以外的指紋嗎？」湯川問，他似乎察覺了草薙的目的。

「採集到幾枚指紋。」草薙回答時，把手帕包起的打火機放進懷裡，「雖然即使是他殺，現在的兇手也不可能笨到會留下指紋，但反正死馬當活馬醫。」

「這種踏實的努力有時候會有意想不到的成果。」

「希望如此，對了，」草薙壓低了聲音問：「你怎麼知道她在製造業上班？」

「因為她說在公司上班，所以我猜想她在製造業，而且我想她工作地點應該是在工廠。只不過她本身並不是作業員，八成是在那裡做事務工作。」

「你為什麼會知道這些？」

「首先是她的髮型。雖然她一頭直髮，但上面有不自然的壓痕，那八成是戴帽子留下的痕跡。在公司內必須戴帽子，最有可能的就是她工作的地方是在工廠的生產現場。」

「有些電梯小姐也戴帽子啊，還有櫃檯小姐也是。」

「如果是這樣，我問她是不是普通的粉領族時，她就不會只回答『對』而已，而且她頭髮上沾到了細微的金屬粉，那是女生在粉塵很多的職場工作時最大的煩惱。」

草薙仔細打量著物理學家的臉。

「你一副對女人沒興趣的樣子，沒想到觀察真仔細。」

「如果沒觀察的必要，就不會觀察得這麼仔細。今天來這裡的目的，不就是要調查她嗎？」

「是沒錯啦，那希望你順便告訴我，為什麼你覺得她不是作業員？」

「這個問題最簡單，因為她的指甲太長了。看起來不像是假指甲，那麼長的指甲無法在現場作業。」

「原來是這樣。」

聽到現場作業這幾個字，草薙想起一件事。高崎紀之在家裡的盥洗室內撿到一隻陌生的棉紗手套，工廠應該經常使用棉紗手套。

聰美回來後，說了聲：「不好意思」，再度坐了下來。

「妳是在什麼部門工作？」草薙問她。

「我嗎？就是普通的部門啊，做一些會計之類的工作。」

「是喔。」

草薙看向湯川，湯川用她無法察覺的動作微微搖了搖頭，然後用眼神示意她在說謊。

他們又喝了兩、三杯兌水酒後才起身離開，臨走時的結帳金額，可以去他們平時去的那家居酒屋吃喝五次。

聰美一直送他們到大樓外，湯川攔下一輛剛好經過的計程車。

「陪酒小姐的工作真辛苦。」湯川坐上車後說。

「但薪水很高啊。」

「應該也會遇到奇怪的客人，」湯川回頭看著後方，「而且也有像那種男人。」

「啊？」草薙也看向後方，看到一個年輕男人正在對聰美說話，聰美似乎很不耐煩。

「那個年輕人剛才躲在大樓旁，」湯川說，「八成是喜歡她，埋伏在那裡，等她出來送客人。」

「看起來不像客人。」

「嗯，但也不像是她男朋友。」

計程車轉了彎，看不到他們了。

5

在送走高崎的兩個朋友後，田上昇一突然冒了出來，聰美嚇了一大跳。她原本打算假裝沒看到他走回去搭電梯，但田上就站在她面前。

「聰美……」他膽怯地叫著她。

「你……為什麼跑來這裡？」

「因為我打電話給妳，一直都是答錄機，在公司也沒有機會和妳說話。」

「你怎麼會知道我在這裡？」

「因為……之前曾經……」

「你跟蹤我？」

田上輕輕點了點頭。

「真不敢相信。」聽美把頭轉到一旁。

「呃，因為我想把這個給妳。」他拿出一個小袋子。

「這是什麼？」

「妳打開看看就知道了。」

「是喔，那我等一下看，就只有這件事吧？」聽美觀察周圍，準備轉身離開。如果被店裡的客人看到，不知道會說什麼。

「啊，等一下。」沒想到田上叫住了她。

「還有什麼事？」

雖然聽美轉過頭時故意露出無奈的表情，但他一臉熟絡的表情走了過來，小聲對她說：

「那件事好像成功了。」

「那件事？」聰美皺著眉頭，「你在說哪件事？」

「就是那件事啊，我看了報紙。」田上說著，從牛仔褲口袋裡拿出一張紙片攤在聰美面前。

那是一張報紙的剪報，聰美看到了「超市老闆在浴室離奇死亡」的標題。

「等、等、等一下。」

聰美從他手上搶了那張報紙，推著他的背，走進旁邊的樓梯後方。

「你別開玩笑，我和那件事沒有任何關係。」她把報紙撕得粉碎。

「但妳不是叫我把那個借給妳嗎？所以我還特地送去妳家。」

田上還沒有說完，聰美就開始搖頭。

「上次我腦筋有點不正常，所以聽你說那種奇怪的話，就對那種東西產生了一點興趣，但很快就冷靜下來，覺得不能做那種傻事。」

「真的嗎？」田上骨碌碌地轉動著眼珠子，「我看了剛才的報導，還以為是妳幹的。」

「才不是呢，我之前想要殺的並不是那種人，而且那個我昨天已經用宅配把東西寄去你家了。」

「這我知道，我今天收到了，但妳不是把東西從盒子裡拿出來過嗎？因為綑綁的方式不太一樣，而且原本放在裡面的棉紗手套少了一個。」

「棉紗手套？」聽美的心一沉。

「就是工廠用的棉紗手套。」

聽美咬著下唇。這是她緊張時的習慣動作，但她努力在田上面前保持鎮定。

「因為我很好奇，所以拿出來看一下。手套可能在那個時候掉出來了，應該還在我家，如果你想要我還你，我再寄給你。」

「不，不用了，手套並不重要。是喔，我還以為是妳用了那個，因為現場是浴室，而且胸口的皮膚腐爛都和我原本想的一樣……」

「我不是說了不是我嗎？你真的很煩欸。」聽美一口氣說道。

田上立刻露出怯懦的表情。

「不是妳就好。」

這時，旁邊的電梯打開了，不知道哪一家酒店的小姐和客人一起走出電梯。

「好了，我在忙，你以後別再來這裡了。」聽美說完，立刻衝進電梯，按了「關門」的按鍵。

兩道門很快隔絕了田上依依不捨的眼神。

聰美按著胸口，她的心跳無法平靜。

她沒想到田上昇一看到那篇報導就想到她，不，媒體會報導這件事就是她的失策。

「全世界都沒有人用過這個東西殺人，所以絕對不會有人知道是他殺。」田上把那個借給她時，信誓旦旦地這麼斷言，還說應該只會判斷死因是心臟麻痺，於是她決定動手。

如果只是心臟麻痺，媒體根本不可能報導，田上也不知道她到底有沒有採取行動。只要事後告訴他，最後並沒有使用，就不必擔心有把柄握在田上的手上——這就是聰美當初的想法。

她努力調整自己的心情。雖然有點驚險，但總算擺平了田上，他應該也沒有用那個殺過人，所以應該不知道屍體會變成什麼樣。

不能在這種地方栽跟頭，重頭戲還在後面。

她想起殺害高崎邦夫時的情況。奇怪的是，她至今仍然完全不感到害怕，也完全不後悔，內心充滿了成功的安心感。

當她拿著那個走進浴室時，躺在浴缸裡的高崎也完全沒有起疑心。因為她事先拿給他看，說是泡澡時使用的健康器材，所以，即使當她把那個靠近高崎的胸前時，他應該也完全沒有想到，自己的心跳會在數秒鐘後停止。最好的證明，就是他直到最後都露出了笑容。

她覺得這個世界上應該沒有比這個更輕鬆的殺人方法，田上真的借了好東西給自己——

聽美走出電梯時，才想到自己手上拿著紙袋，那是田上剛才交給她的紙袋。走進店之前，她看了紙袋裡的東西，忍不住皺起眉頭。

裡面是一個手工製作的胸針。

6

去「稀奇」的隔天下午四點多，草薙獨自來到位在埼玉縣新座市的東西電機株式會社埼玉工廠。因為他查到內藤聽美白天在這裡上班。他原本打算更早行動，但「稀奇」的媽媽桑直到下午兩點才接電話。

他在大門口的訪客名簿上簽了名，借了公司的電話，打電話給聽美所在的試製部試製一課，報上自己的身分後，說因為要瞭解那個部門的情況，所以想和那個部門的人聊一聊。那個部門的負責人課長聽到這句話，聲音立刻緊張起來，「請問我們部門有什麼問題嗎？」

「不不，並不是牽涉到什麼事件之類的事，而是有問題想要請教一下。請問有沒有哪一位願意撥一點時間呢？我當然知道你們每一位都很忙。」

「喔，原來是這樣啊，那要找誰呢？應該是男性員工比較好吧？」

「是啊。」草薙回答，雖然他想打聽聽美的事，照理說女性員工更理想，但如果剛好派聽美來就傷腦筋了。

「那我派一個人過去。」課長說完，掛上了電話。

他在警衛室等了五分鐘左右，一個四十五、六歲的矮個子男人無精打采地走了過來。他自我介紹說是組長，姓小野寺。草薙終於瞭解，原來在作業現場最有空的是組長。

「呃，請問你想瞭解什麼？」小野寺隔著工作帽抓著頭問，他還沒有搞清楚狀況，就被派來接待刑警，一定覺得不知所措。「只要談一談你們部門的情況就好。」草薙露出柔和的表情說，「像是工作內容，和部門的成員之類的事。」

「喔，我知道了。」組長又伸手摸著脖子，「那要不要參觀一下我們部門？」

「可以嗎？」

「可以，我已經問過了，可不可以請你戴上這個？」小野寺把寫了「訪客」的帽子和沒有度數的眼鏡遞給他。

他說他任職的部門在試製工廠內。試製部顧名思義，就是試製零件和產品的部門，尤其是小野寺所在的試製一課，主要負責電器零件的試製品。

「啊，對了，請問你看過這個嗎？」

走去工廠的途中，草薙從上衣口袋裡拿出一個塑膠袋，裡面裝著高崎紀之在盥洗室撿到的手套。

「這個手套嗎？」小野寺仔細打量後偏著頭，「不知道，看起來像是我們部門使用的手套，但這種手套看起來都差不多。」

「我想也是。」小野寺的回答在草薙的意料之中，他原本就沒有抱太大的期待，所以立刻把塑膠袋放回了口袋。

試製工廠差不多有普通體育館的兩、三倍大，在寬敞的樓層內放了無數車床、鑽孔機之類的作業機器，各部門之間並沒有隔開，只是在上方掛著寫了「試製一課」之類的牌子。草薙覺得這裡不像是自動化工廠，而是像一個規模較大的小工廠。

「沒有像生產線之類的東西嗎？」草薙問小野寺。

「那當然啊，必須先完成設計，決定大量生產之後，才會建立生產線。這裡只是試製設計者也不太有把握的東西，所以必須手工製作獨一無二的東西。」

「聽起來好像很難。」

「是啊，因為設計者會提出很多高難度的要求，所以這裡有最先進的設備，像是裁切鐵板時，不可能為了製作一個零件就特地製作模型，就會使用雷射切割機。」小野寺在說話時微微撐大鼻孔，似乎對自己的工作感到驕傲。

操作工作機器的都是男性員工，無一例外，但掛著「捲線組」牌子的部門內，都由年輕女工在製作小線圈。無論男女都戴著帽子和安全眼鏡。草薙再度佩服湯川一眼就識破內藤聰美白天工作的慧眼。

「試作一課沒有像辦公室之類的地方嗎？」

「那不是我們部門的辦公室，而是整個試作部的辦公室，要不要帶你去看看？」

「嗯，」草薙想了一下之後點了點頭，「那就麻煩你。」

他想到可能會遇到內藤聰美，所以猶豫了一下，但最後決定真的遇到時，隨機應變就好。

走進辦公室後，小野寺把草薙介紹給課長。草薙立刻巡視了辦公室內，幸好沒有看到內藤聰美。

姓伊勢的課長窮追猛打地問草薙在調查什麼，草薙只好拿出剛才的手套，說在某起案子的現場撿到了這個手套。

「為什麼會根據這個手套查到我們這裡？」伊勢提出這個很理所當然的疑問。

「這是偵查上的秘密，但並不是只有針對貴公司進行調查，所以請放心。」草薙很快收起了塑膠袋，「對了，你們課裡沒有女職員嗎？」

「你是指女工的意思嗎？」

「不，不是這個意思……」

「所以你是問事務員嗎？有啊，有一個姓內藤的女職員。」伊藤瞥了一下周圍，「現在剛好被主管找去，去了其他地方。」

「她是怎樣的人？」

「怎樣的人？就是普通的女生。」

「周遭都是男職員，她一定很受歡迎吧？」

「那就……」伊勢露出一口黃牙。

「她有沒有和同公司的人交往？」

「不知道，但我沒聽說……呃，請問內藤怎麼了嗎？」

「不，只是好奇而已。」

草薙不認為這個中年男人瞭解內藤聰美的本性，但他發現有一名女職員從剛才就不時瞄過來，那個短髮的女生正坐在不遠處的座位上寫東西。

草薙向課長道謝後站了起來，一旁的小野寺說要送他去門口，他委婉地拒絕了。

經過短髮女生身後時，草薙看向她面前的電話。聽筒上寫的四個數字應該是內線號碼。他牢牢記住了那四個數字。

走出辦公室，他立刻用附近的電話撥打了剛才記住的那四個數字。隔著玻璃窗戶，看到剛才的短髮女生接起了電話。

草薙謹慎地報上了自己的名字，以免嚇到她，然後告訴她，因為某些緣故，希望在不驚動伊勢課長等人的情況下，向她瞭解內藤聰美的事。他的直覺很準，那個女生欣然答應提供協助，她剛才應該就很好奇。

她請草薙在工廠外的休息室等候，草薙走去那裡，正在自動販賣機前買咖啡，她就小跑著進來了。

她叫橋本妙子，是試製二課的職員，草薙和她一起坐在休息室內的一張長椅上。

「因為有一個人離奇死亡，目前正在蒐集相關人員的情況，內藤小姐也是其中一人。」草薙認為向她稍微說明一下真實情況比較好，於是這麼告訴她。

「那個人是男的吧？」橋本妙子的小眼睛亮了起來。

「妳為什麼這麼覺得？」

「我說錯了？」

「基於工作關係，我無法透露太多消息，但我也不否認。」

「我就知道。」橋本迫不及待地點了點頭。

「既然妳這麼說，是不是代表內藤小姐的交友關係很複雜？」

「我覺得應該是這樣，雖然她在公司裝得很乖，但有不少人看到她在鬧區和陌生男人在一起。」

「是喔。」聽橋本妙子的語氣，似乎不知道聽美在酒店打工，「她有沒有固定的男朋友？」

「不知道，但至少在公司裡沒有，因為她經常說，對工廠的人沒興趣。」

「是這樣嗎？」

「她之前說，如果要結婚，就要嫁給東京人，而且非菁英不嫁。也不想想自己只有高中畢業，而且是新潟人。」橋本妙子撇著嘴說。

「所以她自尊心很強。」

「那當然。」妙子用力點頭，「試製部內其他課有一個女生曾經去過她家，說她家裡堆滿了名牌商品，但是啊，」她壓低了聲音，「聽說她這個卡奴快破產了。」

「真的嗎？」

「因為她曾經為這件事和其他同事商量。」

「後來解決了嗎？」

「好像解決了，大家都在暗中討論，不知道她是怎麼解決的，因為她足足欠了好幾百萬。」

「那還真厲害啊。」

「是吧？」妙子瞪大了眼睛。

草薙想像著「稀奇」酒店內的情況，認為聽美在那家店賺的錢不可能還清那麼一大筆債務。

草薙和妙子一起走出休息室，當他道謝後正準備離開時，妙子指著一個方向說：

「那個人也很迷聽美。」

草薙順著她手指的方向看去，發現一個身穿工作服的年輕人推著推車走過去，他就是在「稀奇」外等聽美的那個人。

7

這一天，內藤聽美一則以喜，一則以憂地去「稀奇」上班。

喜的是今天和松山文彥的事有了進展，而且部長今天也為這件事找她。

松山文彥是總公司生產技術部的男職員，但並不是普通員工，而是東西電機的下游承包商松山製作所的接班人，以後當然會回父親的公司，目前在東西電機進修。東西電機的人事部門也知道這件事，之所以把他安排在生產技術部，也是因為這個部門和松山製作所的關係最密切。

兩個月前，松山文彥對聰美一見鍾情，他來新座工廠開會多次後看到了聰美，然後愛上了她。

他竟然透過部長向聰美提出希望和她交往。十天前，部長告訴了聰美這件事。

聰美知道松山文彥這個人，但完全沒有想到他竟然喜歡自己。最重要的是根本沒想到他的身分這麼特殊，所以之前對他完全沒興趣。

然而，從部長口中得知詳情後，她立刻對松山文彥產生了興趣，覺得這是自己人生中最大的機會。

部長問了她兩個問題。目前有沒有交往的對象？有沒有意願和松山交往？

她立刻斬釘截鐵地回答，目前並沒有特定的交往對象，至於和松山交往的事，她說想仔細思考後再回答。

今天部長找她，說想要聽她的回答。聰美假裝害羞地回答，可以試著交往看看，部長一臉欣喜的表情表達了祝福，簡直就像是已經決定要結婚了。

聰美帶著幸福的心情走出部長辦公室，但回到辦公室不久，就聽到了不愉快的事，隔壁課的橋本妙子帶來了這陣不吉利的風，妙子乍看之下似乎很親切，但其實個性很陰險，聰美非常討厭這個比自己早一年進公司的前輩。

聰美一坐回自己的座位，妙子就假裝親切地對她說：

「剛才你們課來了一個奇怪的客人。」

「喔？什麼樣的人？」

「我跟妳說，」妙子壓低了聲音，「是警察。」

聰美的心一沉，但故作平靜地說：

「是喔，不知道發生了什麼事。」

「聽說發生了殺人案。」

「啊？」她的身體忍不住熱了起來。

「不知道為什麼，最後特別找了我，妳猜他問了我什麼？」

聰美看到妙子兩片嘴唇中露出的紅色舌頭，忍不住想到了蛇。

「不知道，他問了妳什麼？」

「我跟妳說，」妙子更壓低了聲音，「他問了妳的事，問妳有沒有男朋友，個性是不是很奔放。」

聰美說不出話，完全不知道刑警為什麼開始調查自己。

「但是，妳放心吧，」妙子說，「我幫妳說了很多好話，說妳人很好，刑警先生似乎也相信了。」

「那真是太謝謝妳了。」

妙子聽到聰美這麼說，一臉得意地走回自己的座位。聰美看著她的背影，忍不住想吐。

聰美認為妙子當然不可能為自己說好話，她覺得必須作好刑警早晚會直接來找自己的心理準備。

但是不用擔心，根本沒有證據——

殺害高崎邦夫時，聰美從他隨時不離身的手拿包中，拿出了之前向他借錢時寫的所有借據，應該沒有留下指紋，而且應該也沒有人知道她和高崎之間有特殊的關係。

她調整心情，像往常一樣陪喝醉酒的客人，暗自思考差不多該辭去這裡的工作了。東西電機禁止員工在外面打工，即使公司沒有禁止，如果被同事知道自己在這裡打工，一定會對和松山文彥之間的事產生不良影響。

要找機會和媽媽桑談一談——聰美正在想這件事時，有人輕輕拍了拍她的肩膀，是前輩亞佐美。

「坐在吧檯的男生說有事要找妳。」亞佐美在她耳邊小聲說著，用大拇指指了指吧檯的方向。

聰美納悶地看向吧檯，差一點皺起眉頭。

田上昇一穿了一件完全不適合他的西裝，正轉頭看著她。

8

環狀磁鐵上方浮了幾顆像是用鋁箔紙包起的小石頭，因為空氣中的水蒸氣冷卻的關係，周圍冒著白煙。

那些小石頭是超導體。用液氮冷卻後，用隔熱材料和鋁箔紙包了起來。

身穿白袍的湯川用鑷子把超導體靠近磁鐵，然後又拉開距離。超導體再度浮在磁鐵上方，但和剛才相比，與磁鐵之間的距離縮短了。

湯川在這種狀態下用手指抓住磁鐵，然後翻了過來。超導體和磁鐵之間仍然維持一定的距離，懸浮在磁鐵的下方。無論湯川如何改變磁鐵的角度，超導體和磁鐵之間的位置都不會改變，好像被肉眼無法看到的釘子固定住了。

「這就是超導體的磁通釘扎作用，簡單地說，就是靠磁力固定在空間中，目前也努力運用在磁浮列車上。」湯川說完，把磁鐵和超導體放在桌上。

「科學家真會動腦筋，可以想出這些東西。」草薙深感佩服地說。
「通常不是想出來，大部分都是發現而已。從這個角度來說，科學家是開拓者，如果以為科學家整天都窩在研究室裡思考，就是天大的誤解。」
「既然你都這麼說了，那就請你幫我找出眉目。」草薙把湯川掛在椅子上的上衣丟向他。
「希望那裡有什麼可以發現。」湯川說。
這一天，草薙來到帝都大學，想帶他去看高崎邦夫死去的那間浴室。警方目前仍然無法瞭解高崎的死因，所以把湯川視為最後的希望。
草薙讓湯川坐在愛車Skyline的副駕駛座上，一路開往江東區，但中途想到一件事。
「可以先去一個地方嗎？」
「你要去麥當勞的得來速嗎？」
「要去更有女人味的地方。」
草薙想去之前造訪「稀奇」時，最初接待他們的小姐河合亞佐美家。他向「稀奇」的媽媽桑打聽到她家的住址，想去向她打聽內藤聰美的事。
「我在這裡等你。」來到河合亞佐美的公寓時，湯川坐在車上說。
「別這麼說，和我一起去嘛。比起我，那位小姐應該對你印象更深刻。」

「反正她知道你是刑警，就會產生警戒。」

「所以更希望你和我一起去啊。」

河合亞佐美還在家裡，她打開門時，穿著T恤和牛仔褲，沒有化妝的臉看起來有幾分稚嫩。

她記得草薙，當草薙告訴她，自己是刑警時，她露出了生氣的表情。

「你不是說自己是上班族嗎？」

「刑警也是領薪水的啊，而且他真的是大學副教授。」草薙指著身旁的湯川，「我想向妳打聽一下內藤聰美小姐。」

「搞什麼，原來你的目標是聰美。」

「也不算是目標，聽說她欠了不少錢，是真的嗎？」

「喔，我聽她提過，好像是貸款繳得很累。」

「最近好像沒再聽她提過，可能已經解決了吧。」

「現在呢？」

「向店裡借了錢嗎？」

亞佐美笑得花枝亂顫。

「我家的媽媽桑可沒好到會預支薪水給店裡的小姐。」

就在這時，有一隻黑色的貓從房間深處走了出來。

「喔，俄羅斯藍貓。」湯川低頭看著貓說。

「教授，你很內行嘛。」亞佐美把貓抱了起來。

貓的項圈上掛著一個像胸針的東西，草薙看了忍不住說：「這隻貓戴的東西很漂亮嘛。」

「喔，這個嗎？是聰美送的。」

「她送的？」

「聽說她上班的地方有一個男人苦苦追求她，好像是那個男的做給她的，她說很土，所以就送我了。我也不想戴這種東西，所以就拿來當霓虹的項鍊了。」

那隻貓似乎叫霓虹。

「是喔，那個男人的手真靈巧。」

那個胸針是在乍看似乎像是金屬的圓形平板上雕了一個女人的側臉。

「借我看一下。」湯川伸手拿起胸針，「這應該是矽晶片。」

「矽什麼？」

「是半導體的材料，竟然能夠在這麼硬的東西上雕刻。」

「可能用了什麼工具吧，工廠裡應該有很多機器。」

「沒錯——」

湯川說到這裡，眼睛一亮。不，草薙似乎看到他眼睛一亮。

「是喔，」物理學家說：「我知道了，我終於解開了那具奇妙屍體的謎團。」

「真的嗎？」

「應該是，只要去那家工廠，或許可以得到明確的證據。」

「那我們現在就去。啊，但今天是星期六，工廠可能休息。」

「可能有人假日加班，反正去看看，還有，」湯川看著亞佐美問：「這個胸針可不可以借我一下？」

「喔，好啊。」亞佐美把胸針從貓的項圈上拿了下來，「請問這是怎麼回事？」

「我又有了新發現。」湯川回答。

9

田上昇一的公寓位在志木市。打開窗戶，後方是一片樹林，只要一伸手，就可以摸到巨大的櫟樹。

內藤聰美坐在田上給她的舊坐墊上打量著室內，除了分別是三坪大和兩坪多大的和室以外，還有一個鋪了木地板的小廚房，牆上貼著不久之前還很受歡迎的女性偶像海報，書架上有一整排錄製了電視卡通的錄影帶。

「我不知道合不合妳的胃口。」田上用托盤端來紅茶和蛋糕時說。

「看起來真好吃。」

「我買了很多，所以妳不必客氣。」

「謝謝。」

「不客氣，但是真開心啊，妳願意來我家，有一種成家的感覺。」

田上的這句話立刻讓聰美起了雞皮疙瘩，但還是繼續擠出笑容。

我明天可以去你家嗎？我想和你好好聊一聊——田上昨天來「稀奇」時，聰美主動對他這麼說。

她說這句話當然有目的，因為田上對她說了一件棘手的事。

「聰美，我聽說了，原來高崎邦夫是這家店的老主顧，而且經常來捧妳的場。這樣看來，果然是妳幹的——我沒說錯吧？」

既然他已經知道這麼多事，就很難再掩飾下去。如果不理他，他萬一去報警就更麻煩了，所以她決定今天來他家裡徹底解決這件事。

「你有沒有把那個帶來？」聰美拿起茶杯問。

「那個？」

「就是那個啊，啊喲……」

「喔。」田上點了點頭，起身走向玄關。

聰美打開預藏的安眠藥袋子，迅速倒進田上的杯子中。白色粉末很快沉入杯底，那是經常來店裡的客人給她的安眠藥。

「我當然帶回來了，妳看！」田上拿了一個大運動袋走回來，「今天一大早就去了工廠，偷偷帶出來了。」

「不好意思，還麻煩你特地跑一趟。」

「沒關係，但妳想確認什麼？妳不必擔心，警察不會發現這是兇器。」田上看起來心情很好。

「希望如此。」

「別擔心，只要我不說出去，絕對不會有問題，而且我永遠支持妳，讓妳痛苦的人本來就該死。我相信那個傢伙應該也是壞蛋。」

「是啊。」

「那種人死有餘辜，他的心早就腐爛了，所以用讓他皮膚腐爛的方法殺了他剛剛好。」田上說完，喝了一大口紅茶。

10

「超音波？」草薙握著方向盤，看向副駕駛座，他們正準備前往東西電機的埼玉工廠。

「沒錯，超音波。」湯川看著前方說，「我猜想應該是超音波造成了那塊奇妙的斑。」

「超音波有辦法做到那種事？」

「看要怎麼使用，更何況有所謂的超音波療法，只要運用得宜，可以對人體有幫助。」

「言下之意，就是運用不當，也可能成為兇器。」

「就是這麼回事。」湯川點了點頭，「超音波在水中傳遞時會產生負壓，導致水中產生空洞或氣泡，在壓力由負轉正的瞬間，這些空洞就會消失，在這個過程中，會產生強烈的破壞作用。只要利用這種現象，就可以加工寶石或是硬度非常高的合金。」他拿出剛才那個胸針，「這個矽晶片應該也是使用了超音波加工雕刻出來的。」

「有這麼厲害的力量嗎？」

「力量非常驚人，」湯川說，「可以把超音波療法視為壓迫次數極多的按摩，聽說長時間對同一個部位放射會造成危險，稍有閃失，內臟可能會穿孔，還可能導致神經麻痺。」

「也會造成皮膚細胞壞死嗎？」

「非常有可能。」

草薙聽了湯川的回答，拍了一下方向盤。

「既然你對超音波瞭解得這麼詳細，為什麼沒早點想到呢？」

「不要強人所難，我根本沒想到竟然有人可以輕易張羅到這麼特殊的東西。」

「我還是不太有概念，具體來說，兇手到底用什麼方式行兇？」

「這只是我的想像，」湯川先聲明道，「當被害人泡在浴缸時，把超音波加工機的焊頭喇叭靠近被害人的胸口。」

「焊頭喇叭？」

「或者說是振動部組。」

「使用很方便嗎？」

「如果是小型的話，差不多像吹風機那麼大，而且有電線連著電源。電源也有各種不同的類型，也有像手提式保險箱大小的電源。」

草薙忍不住佩服湯川，他真的什麼都懂。

「把焊頭喇叭靠近胸口之後呢？」

「只要打開開關就行了。」湯川很輕鬆地說道，「焊頭喇叭附近應該會產生大量氣泡，衝向被害人的胸口，同時，超音波會透過水、皮膚和體液，最後到達心臟。強烈的超音波振動可以麻痺心臟的神經。」

「在轉眼之間嗎？」

「可以確定的是，並不需要太長時間。」

草薙搖了搖頭，覺得出現了驚人的殺人方法。

來到工廠後，草薙直奔試製一課。他剛才在聯絡後得知，小野寺等人今天會到公司加班。

「超音波嗎？」小野寺看了看草薙，又看了看湯川。

「應該有機器可以加工這個。」湯川遞上了胸針。

「喔，這是壓力感應器用的矽晶片。」小野寺仔細打量著矽晶片，「在這個上面打很多一毫米左右的孔。啊，對了，這的確是使用超音波打孔。」

「那個機器在哪裡？」

「呃，在這裡。」

小野寺邁開步伐，草薙和湯川跟在他身後。

「就是這個。」

小野寺指著固定在水箱中的超音波加工器。焊頭喇叭的前端有許多針，看起來像插花工具劍山一樣，可以同時打好幾個孔。

「不是這個，電源看起來也很大，根本沒辦法搬動。」湯川小聲說完後問小野寺：「還有其他超音波加工機嗎？」

「嗯，有很多種，像是超音波焊接機，還有超音波研磨機之類。」

「有沒有可以輕鬆搬動的？」

「可以輕鬆搬動……」小野寺隔著帽子，抓了抓頭，「會不會是那個？」

「有嗎？」

「有啊……」小野寺看向旁邊的鐵架，那裡放了許多測量儀器和紙箱。「咦？奇怪了。」他偏著頭問旁邊的作業員，「喂，迷你超音波放去哪裡了？」

「沒有嗎？」年輕的作業員也看著架子，「奇怪了，之前明明放在這裡。」

「我記得田上負責管理這個機器。」

「沒錯。」

「田上？」草薙忍不住向他確認，「田上昇一嗎？」

「你認識他嗎？」小野寺一臉意外地轉過頭。

「嗯，知道這個人。」橋本妙子之前告訴他，田上昇一單戀內藤聰美。「田上負責管理這個機器嗎？」

「對，因為他最會使用這個機器。」

「他目前人在哪裡？」

「他今天休假。」

「休假……」草薙內心湧起不祥的預感，「田上住在哪裡？」

11

田上昇一不停地打著呵欠。

「奇怪了，為什麼這麼想睡？」

「你要不要躺一下？」聰美說。

「不，我沒事。」他說完這句話，又打了一個呵欠，「好像不是沒事。」

「既然你這麼想睡，」聰美抬眼看著他，「要不要先去泡個澡？」

「泡澡？」

「嗯，我想泡澡應該可以讓腦袋清醒一下，而且，」聰美微微皺著眉頭，「你身上有點臭。」
「有嗎？」田上嗅聞著自己的腋下。
「你先去泡個澡。」聰美又說了一次，「今天要做吧？」
「喔，嗯……」田上站了起來，搖搖晃晃走向浴室，「那好吧。」
「多久會放滿？」
田上走進浴室後立刻走了出來。他似乎打開了熱水龍頭放了水。
「嗯，差不多十五分鐘左右。」田上回答後，一屁股坐在榻榻米上，馬上又昏昏沉沉打起了瞌睡。
聰美跪坐在坐墊上，耐心地等待著。田上已經睡著了。
過了十四分鐘時，她搖醒了田上。
「你怎麼可以睡在這裡呢？趕快先去泡澡。」
「啊，對不起。」
田上搓著臉，脫下了衣服，慢吞吞走進了浴室。
聰美把耳朵貼在浴室的門上聽裡面的動靜。起初聽到流水的聲音，但很快就沒聲音了。
「欸，」她等了一會兒問：「你還醒著嗎？」

但是浴室內沒有傳來回答的聲音，她輕輕打開了門。
田上的頭靠在浴缸的邊緣，閉上眼睛，看起來已經睡熟了。
聽美躡手躡腳地走向田上剛才拿過來的運動包。打開一看，裡面有一個紙箱。她打開紙箱的蓋子，看到了上次用過的那台超音波加工機。
她還記得使用方法。把超音波加工機的電線插在電源箱上，再把電源箱的電線插在家庭用的插座上就好，接下來只要打開加工機上的開關就沒問題了。
聽美把加工機從紙箱中拿出來時，突然被人從後方抱住。
「妳果然想要殺我。」
田上的身體貼著她，她的整個背都濕透了。田上用力抱著她，她根本無法逃開。
「不是，不是你想的那樣，拜託你聽我解釋。」
「不行，已經來不及了，虧我原本這麼相信妳。」
他一伸手，拿下了原本放在書架上的膠帶，然後俐落地把她的雙手拉到背後，用膠帶纏住她的手腕。聽美的雙手就完全無法動彈了。
「等一下，你等一下，你誤會了。求求你，救命啊。」
聽美拚命哀求，但田上已經聽不到了。他也用膠帶綑住了她的腳踝，她整個人都動彈不得。

田上抱起她的身體，走進了浴室，然後把穿著衣服的她放進了浴缸。

她慘叫著問：「你要幹嘛？」

「我勸妳不要亂叫，這是為妳好。」

田上走出浴室，他再走進來時，手上拿著東西。聰美看到他手上的東西，立刻瞪大了眼睛。因為他手上拿的就是那台超音波加工機。

「我給妳一個洗心革面的機會。」他說，「只要妳答應和我結婚，而且保證絕對不會背叛我，我就原諒妳，如果妳不願意，」他把手上的機器靠近她的胸口，可樂瓶形狀的銀色焊頭喇叭碰到了水，「那我只能按下開關了。」

聰美激烈地扭動身體。

「救命，求求你，救命啊。」

「那妳答應嗎？」

「我答應，以後什麼都聽你的，所以你不要殺我。」

田上低頭看著她沉默片刻，一雙像魚一樣沒有表情的眼睛讓聰美感到害怕。

「不，」他說，「妳不是出自真心，只是為了活命而說的謊，所以我還是必須這麼做。」他再度把焊頭喇叭靠近她的胸口。

就在這時，玄關傳來門鈴的聲音。

12

按了兩次門鈴，但沒有人回應。

「他是不是出門了？」草薙問。

「但廚房的窗戶開著。」湯川站在窗戶下踮起腳張望，立刻臉色大變。

「怎麼了？」草薙問。

「慘叫聲，」湯川說：「我聽到女人的慘叫聲。」

「什麼？」草薙試圖打開門，但門鎖住了，而且因為是鐵門，即使用身體用力撞，也沒辦法撞開。

「用合理的方式。」湯川把廚房的窗戶打開之後蹲了下來，似乎要草薙踩在他身上。

「對不起。」草薙踩在他的肩上，上半身鑽進了窗戶。

室內沒有人，但草薙立刻聽到浴室傳來叫聲，他打開了浴室的門。

一個全裸的男人正撲向穿著衣服的年輕女人，女人的衣服都濕透了，但仍然試圖爬出浴缸，男人用力按住她。

草薙抓住男人的肩膀，把他拉出浴室。男人一屁股跌坐在榻榻米上。

女人的下半身坐在浴缸裡，滿臉驚恐，兩個人都用力喘著氣。

「這到底是怎麼回事？」草薙看著他們問。

湯川終於從窗戶爬了進來，他緩緩走向浴室，手上拿著手帕，撿起了掉在地上的超音波加工機。

「似乎可以聽到一個有趣的故事。」他說。

草薙看著全裸的男人，男人注視著女人。

「妳的心，」男人低聲說，「才是徹底腐爛。」

草薙看向女人，女人緩緩沉入水中，閉上了眼睛。

第四章 爆炸

1

望遠鏡的焦點對準了那件藍色泳衣。

女人坐在廉價的塑膠墊上，臉上戴著深色墨鏡，可能是香奈兒的墨鏡。

男人躺在她身旁。也戴著墨鏡，仰躺在那裡，身上可能抹了很多防曬油，所以全身都油油亮亮，肋骨明顯的胸口有點紅。

女人似乎無意把皮膚曬黑，不時隨著陽傘遮住的陰影調整自己的位置，不停地擦在手腳上的應該也是防曬油。

今天的陽光太烈了，女人突然想到要調整泳衣的肩帶，結果肩膀已經留下了白色的痕跡。

女人皺著眉頭，不知道對男人說了什麼，八成是「長時間坐在這裡，皮膚都會曬傷」。男人仍然躺在那裡，笑著說了什麼。妳說要來海邊，所以就帶妳來了啊——男人應該這麼說。

現在都已經九月了，我怎麼知道太陽還會這麼曬。

妳太傻太天真了，接下來的季節紫外線更強。

正當「他」看著望遠鏡，為望遠鏡中看到的兩個人配音時，女人拿下了搭在肩膀上的毛巾，也拿下墨鏡站了起來，順手拿起旁邊充氣式的沙灘墊。

我去游泳，你呢？

我不想去，妳自己去吧。

女人穿上海灘拖鞋，走向大海。

他放下望遠鏡，用雙眼直接確認女人的位置。雖然已經九月了，星期天的湘南海邊擠滿了情侶和攜家帶眷的家庭客，再加上今年流行藍色泳衣，他必須費一點工夫才能找到女人的身影。

她已經走到水邊，準備脫下拖鞋，然後光著腳，抱著沙灘墊走向海中。

他打開放在旁邊的行動冰箱蓋子，裡面裝了用塑膠袋防水的「那個」。他拿出來後，緩緩站了起來。

梅里律子並不是游泳好手，但她很喜歡大海。當抓著沙灘墊隨著海浪漂浮時，可以深刻體會到享受大自然的恩惠，甚至覺得時間的流逝也變慢了。

結婚前，丈夫尚彥也經常帶她來海邊。那時候尚彥住在藤澤，所以他們經常在橫濱約會，但只要律子說：「我想去海邊游泳」，尚彥就會立刻取消原本的所有行程，開著他的三菱越野車Pajero去海水浴場，所以Pajero的後車座隨時放著他們的泳衣。

律子覺得他們享受兩人世界悠閒生活的日子可能不多了。結婚至今一年，他們一直沒有生孩子，但差不多該認真考慮這件事了，雙方的家長都很囉嗦，再加上兩個人的年齡也是問題，律子今年二十九歲了。

雖然她也很想學衝浪和潛水，但想到要生孩子，就不得不忍耐，這也是無可奈何的事，她已經放棄了，現在已經很幸福，既然打算生孩子，當然必須犧牲一、兩樣樂趣。

今天的天氣實在太好了——律子把上半身搭在沙灘墊上閉上眼睛，簡直就像躺在一張巨大的水床上，因為碰到水而變冷的皮膚也很快就溫暖起來。

這時，好像有什麼東西撞到了沙灘墊的下方。她睜開眼睛，發現有人潛在自己下面。

一個男人抬起頭，濺起了小小的水花，那是一個短頭髮的年輕男人，戴著護目鏡。

「對不起。」

男人簡短說完這句話，再度潛入水中，然後不知道游去哪裡了。

律子回想起前一刻閃過腦海的想法，忍不住苦笑起來。當年輕男人出現時，她以為對方想搭訕自己。幾年前，也不是沒發生過這種事，但二十五歲之後，就再也沒有人來搭訕了。

也差不多是該穩定的年紀了，她告訴自己，所以也該生孩子了——

這時，她發現自己漸漸被沖到離岸邊很遠的地方，她踢著腿，改變了方向。

就在這時。

有什麼東西撲向她。

梅里尚彥看到了那個瞬間。

他在稍早之前坐了起來，尋找應該浮在海面上的妻子，很快就找到了律子的身影，粉紅色的沙灘墊很好認，她仍然抱著沙灘墊在海浪之間漂浮。

他叼了一根Caster Mild菸，拿起Zippo打火機點了菸，用剛才喝完的可樂罐當菸灰缸。

他抽著菸，看著妻子的身影。有一個男人對妻子說話，但很快就走開了。

這傢伙還真傻——當他看到律子一臉緊張地改變方向時這麼想，她似乎終於發現自己一個人漂到離岸很遠的地方了。

尚彥吸著菸，然後把煙吐了出來，就在這時——

突然響起爆炸聲，妻子的身影變成了火柱。

那是黃色的火柱，好像從海裡冒出來。巨大的衝擊力在轉眼之間把周圍的水染成了白色，水面上又迸出無數小火柱。

第一次爆炸讓整個海水浴場好像定格了，正在戲水的遊客不知道發生了什麼事，都茫然地看著火柱。

下一剎那，所有人都陷入了恐慌，爭先恐後衝上岸。尖叫、怒吼、吶喊。梅里尚彥想起了史蒂芬·史匹柏的《大白鯊》這部電影。那部電影中，人們逃離鯊魚，但現在是逃離火柱。

因為他完全無法掌握情況，失去了正常的思考力，才會想到電影的事。他坐在沙灘墊上，指尖仍然夾著點著火的Caster Mild菸，看著妻子剛才漂浮的那片海面，尋找她的身影。

海面上的爆炸已經平息，但白色細微的泡沫圍成好幾圈同心圓。

周圍的人都大喊大叫，但尚彥聽不到這些聲音。

他終於站了起來，然後搖搖晃晃走向大海。他此刻仍然不知道到底發生了什麼狀況，只知道大家都從海上回到了岸邊，只有他的妻子還沒有回來。

「律子……妳在哪裡？」

不一會兒，尚彥看到了浮在海面上的東西。那是粉紅色像是塑膠的東西。

他立刻想到了律子沙灘墊的顏色。

2

得知打電話來的人是坂上公寓的住戶時，加藤敏夫就有不祥的預感。那棟屋齡十年的公寓當初建造時就努力壓低成本，而且在結構上也沒有注重住戶的隱私，所以住戶之間的糾紛不斷，大部分住戶都是單身也是原因之一。東京都實施垃圾回收新條例多年，有些住戶仍然完全不遵守。

果然不出加藤所料，那是一通投訴電話。住在一樓的家庭主婦說樓上的陽台一直滴水，造成她很大的困擾，最後還問加藤要怎麼賠償她剛洗好的床單。

「呃，樓上住的是藤川先生吧？他在家嗎？」

「正因為他不在家，所以我才會打電話給你，請你馬上來幫我解決。」那個主婦歇斯底里地大叫著。

「好，好，我馬上就過去。」

加藤掛上電話後，皺著眉頭找出了坂上公寓的鑰匙。藤川雄一也是單身，但之前從來沒有引發過任何問題，雖然只有當初租房子簽約時見過一面，但記得藤川他是一個沉默寡言，看起來很文靜的年輕人。

加藤交代員工顧店後，開著小貨車出門了，加藤房屋是他父親開的房屋仲介公司。

坂上公寓號稱是「距離三鷹車站走路七分鐘的美寓」，雖然走路七分鐘這一點並沒有說謊，但「美寓」就有點言過其實。因為距離主要道路很近，再加上空氣污染的關係，房子都蒙上了一層灰色。

他走去陽台那一側，確認了有問題的地方。他立刻找到了原因。藤川房間的冷氣排水管脫落，所以水一直滴下來。聽樓下的家庭主婦說，藤川並不在家，但冷氣的室外機在運轉。加藤猜想不知道是藤川忘了關冷氣，還是天氣太熱，他故意開著冷氣出門上班。

總之，問題還是需要解決，加藤走上樓梯時拿出了備用鑰匙。

藤川住在二〇三室，門上的信箱中塞了兩、三天的報紙，藤川可能去出差或旅行，所以顯然是忘了關冷氣。

他用備用鑰匙打開了門，立刻有一種不祥的預感。

這是一房一廳的格局，一走進玄關，左側就是流理台，後方是不到三坪的西式房間，和飯廳之間有一道拉門，所以無法直接看到房間內的情況。

加藤脫下鞋子走進屋，他不知道自己為什麼會有心慌的感覺。

在他準備拉開拉門時，他終於知道了原因，因為他聞到了臭味，從門縫中飄出難以形容的惡臭。

該不會是？他這麼想的時候，手已經拉開了拉門。

有一個人趴在房間正中央，穿著四角短褲和T恤，白色T恤上有好像黑色地圖般的圖案。仔細一看，發現那是從他被打破的腦袋中流出的血液。

兩秒鐘後，加藤後退一大步，一屁股坐在飯廳的中央。

3

根據貼在門上的去向告示牌顯示，湯川目前行蹤不明。因為在內、上課、實驗室、外出、休息的所有欄目內都是空白。草薙俊平一低頭，看到有一塊藍色磁鐵掉落在門的下方，他撿了起來，然後敲了敲門。

一個頭髮染成棕色的年輕人開了門，眉毛修剪得很整齊。三十四歲的草薙忍不住想，現在連理工科的學生也都注意儀容了。

「湯川在嗎？」他問。那個學生似乎對眼前這個可疑的男人對副教授直呼其名感到不可思議，露出意外的表情點了點頭，「嗯」了一聲。

「他在忙嗎？如果在忙，那我晚一點再來。」

「不，應該沒問題。」一頭棕髮的年輕人把門打開，請草薙進去。

草薙一走進室內，就聽到湯川學略帶鼻音的聲音。

「如果壓縮儲氣瓶沉在水中，就必須思考它為什麼會破裂？以及瓶中裝了什麼。如果是因為某處破損，造成腐蝕，就要思考為什麼不是氣體先流出來，以及氣體燃燒的原因是什麼。」

湯川坐在椅子上，正在和三個學生說話。草薙擔心自己會打擾他們在討論研究的問題，沒想到湯川先發現了他。

「喔，訪客來得真是時候。」

「我是不是打擾到你們了？」

「沒關係，討論結束了，我們剛好在閒聊，所以也想聽聽你的意見。」

「你們在討論什麼？你一定又想讓我這個對理工一竅不通的人下不了台。」

「你會不會下不了台，我就不知道了，我們在討論這個。」湯川說著，把原本放在桌上的報紙遞給草薙。那是一個星期前的報紙，報紙的社會版朝上折了起來。

「原來是湘南海岸的爆炸案。」草薙看了報導後說。

「我正在要求學生動動腦，是否能夠針對那起事件做出合理的說明。」

包括剛才為草薙開門的年輕人在內，四名學生都顯得有點不自在。

「警視廳也在蒐集那起案子的相關線索，因為可能和哪個恐怖組織有關。」

「可能是恐怖攻擊嗎？」

「目前無法排除這種可能，反正有備無患嘛。」

「神奈川縣警對這起案子有什麼看法？」

「不知道，因為東京和神奈川的關係不好，」草薙苦笑著說。他是指兩地警方之間的關係，「聽說他們也感到不解，因為現場完全沒有殘留任何爆裂物的痕跡。」

「會不會被海水沖走了？」其中一名學生問。

「也許吧。」草薙並沒有反對年輕人的意見，但內心覺得如果是某種炸彈引起的爆炸，神奈川縣警不可能沒有發現所留下的痕跡。

「警方認為這是一起犯罪事件嗎？」湯川問。

「目前應該會認為可能有殺人的嫌疑展開偵查，因為自然現象不可能造成那種狀況吧？」

「所以我們正在討論啊。」副教授看著那幾個學生，露出了笑容。

「只是還沒有結論。」

這時，鈴聲響了，幾個學生同時站了起來，他們似乎要去上課，湯川繼續坐在那裡。

「他們一定覺得鈴聲救了他們。」草薙在學生剛才坐的椅子上坐了下來。

「科學並不只是根據公式計算出答案，這種時候正是需要充分運用自己智慧的大好機會。」湯川站了起來，挽起了白袍的袖子。「那我來泡咖啡。」

「我不用了，等一下要去一個地方。」

「是喔，在這附近嗎？」

「很近，就在這棟大樓內。」

「喔？」戴著黑框眼鏡的湯川瞪大了眼睛，「怎麼回事？」

「這裡除了一個星期前的舊報紙，就沒有今天早上的報紙嗎？」草薙看著周圍的桌子，桌上丟了許多資料和圖紙，並沒有看到今天早上的報紙。

「如果發生了什麼可以成為教材的事件，我可以去拿，發生了什麼事件嗎？」

「在三鷹的公寓內發現了他殺的屍體，」草薙攤開了記事本，「死者是二十五歲的男性，名叫藤川雄一，之前是公司職員，負責管理那棟公寓的房仲公司老闆發現了屍體，死了大約有三天了。」

「我在昨晚的新聞中看到這個消息，聽說因為天氣太熱，屍體已經開始腐爛，真同情發現屍體的人。」

「但房間內的冷氣一直開著，兇手的目的應該是為了預防屍體腐爛的臭味傳出去，只不過秋老虎比兇手想像的更嚴重。」

「真是熱死了。」湯川撇著嘴唇說，「對動腦子的人來說，酷熱是大敵，高溫會破壞記憶。」

既然這麼熱，為什麼不把身上的白袍脫掉？雖然草薙這麼想，但並沒有說出口。

「你有沒有聽過死者藤川雄一這個名字？」草薙問湯川。

湯川露出意外的表情問：

「我為什麼會知道這種事件的被害人名字？還是說，他是名人？」

「不，完全是沒沒無聞的人，只是我想你可能認識。」

「為什麼？」

「因為他是帝都大理工學院畢業的，而且兩年前才剛畢業。」

「是喔，原來是這樣啊，新聞上沒提這件事。他讀哪個系？」

「是……能源工程學系。」草薙看了記事本後回答。

「原來是能工系，那可能曾經上過我的課，但不好意思，我不記得有這個人，也就是說，他的成績並沒有出類拔萃。」

「根據我目前問到的情況，大家對他的印象都是不起眼，也很孤僻。」

「原來是這樣，既然你特地來被害人的母校，想必有原因。」湯川說完，推了推眼鏡。這是他產生興趣時的習慣動作。

「可能也不是這麼大的原因，」草薙從上衣口袋中拿出一張照片遞給湯川，「這是在藤川的住處發現的。」

「喔，」湯川看著照片，「是這棟大樓旁的停車場。」

「我因為和你是朋友，所以不是也經常有機會來這裡嗎？所以看到這張照片，就馬上知道是這裡的停車場。其他偵查員都很感激我，因為要查出照片上的地點到底是哪裡很費工夫。」

「也許吧。看照片上的日期，是在八月三十日拍的，就是兩個星期前。」

「也就是說，藤川那一天來過這所學校，我想知道他來這裡的目的。」

「他可能參加了什麼社團，以畢業學長的身分回來參加活動。」

草薙和湯川在學生時代都參加了羽球社。

「我聯絡了藤川學生時代的朋友，藤川沒有參加任何社團。」

「既然沒有參加任何社團，」湯川抱著雙臂，「難道是為了找工作？不，這好像太晚了。」

「即使沒有太晚，也絕對不是為了這件事。」草薙斷言道。

「為什麼？」

「我剛才不是說了嗎？他之前是公司職員，藤川在七月底辭職了。」

「所以現在沒工作嗎？所以他來學校是希望學校幫他介紹新的工作嗎？」湯川說完，偏著頭，把照片還給了草薙，「但為什麼要拍停車場呢？」

「我才想問這個問題。」草薙看著照片。可以停放二十輛車的戶外停車場內停了幾輛車的照片看起來很平淡無奇。

藤川雄一在學生時代屬於能源工程學系第五研究室，草薙告訴了湯川這件事，湯川說，他和那個研究室的助理教授松田很熟。

「松田是物理系畢業，和我同一屆。」湯川走在第五研究室的走廊時告訴草薙。

「他在那裡做什麼研究？」草薙問。

「第五研究室的主要研究課題是熱交換系統，我記得松田的專攻是熱學。」

「熱學？」

「簡單地說，就是研究熱現象和物質的熱性質，熱力學是從宏觀的角度進行研究，如果從原子和分子這種微觀的立場進行研究，就變成了統計力學，雖然不需要把雙方分開思考。」

「是喔。」

草薙心想，早知道就不問了。

來到第五研究室前，湯川說了聲：「你先在這裡等我一下」，然後沒有敲門，就直接開門走了進去。差不多一分鐘後，再度打開門，探出了頭。

「我跟他說好了，他願意回答你的問題。」

「那就謝謝啦。」草薙說完，走進了研究室。

裡面也同時是實驗室，雜亂地堆放著草薙完全看不懂的測量儀器和裝置。

一個清瘦的男人站在窗邊的桌子前，短袖襯衫胸前的釦子敞開著，胸口都露了出來。這個房間的確很熱。

湯川為他們相互介紹。清瘦的男人名叫松田武久。

旁邊有折疊式的鐵管椅，草薙和湯川一起坐了下來。

「湯川，沒想到你還有刑警朋友。」松田看了草薙的名片後說，他說話時的聲音沒有起伏。他看到草薙拿出手帕，笑了笑說：「對不起，這裡很熱吧？我剛才在做實驗。」

「不……」

草薙原本想問他做的是什麼實驗，但最後還是作罷。因為即使問了，自己也不可能理解。

「聽說你想瞭解藤川的事。」松田主動提起這個話題，他似乎不想浪費時間。

「請問你知道那起命案嗎？」

臉頰削瘦的助理教授聽了草薙的問題，點了點頭。

「昨天看新聞時還沒有發現，今天早上，有一名畢業生特地打電話給我，我才想起來。」松田說完，轉頭看著湯川說：「我剛才還和橫森老師在聊這件事。」

「是嗎？我在聽他說之前，完全不知道那起事件的被害人是這裡的畢業生。」湯川指著草薙說，「橫森老師應該也嚇了一跳吧。」

「嗯。因為橫森老師除了指導了他的畢業研究以外，還介紹了畢業後的工作。」

「請問，」草薙插了嘴，「橫森老師是？」

「是本系的教授。」松田回答。聽他說，在藤川雄一和其他學生四年級時，就是由第五研究室的橫森教授擔任輔導他們求職的指導老師。

「你最近有沒有見到藤川？」草薙問松田。

「他上個月來過這裡。」

草薙心想，藤川果然來過。

「請問是什麼時候？」

「我記得是月中，好像是中元節的時候。」

「月中？他來有什麼事嗎？」

「好像並不是有什麼特別的事，只是剛好來走動走動。畢業生經常會回來看看，所以我也沒有特別在意。」
「請問你們當時聊了什麼？」
「聊了什麼呢？」松田想了一下，再度抬起了頭，「對了，聊了公司的事，聽說他辭職了。」
「我知道，是一家名叫仁科工程設計的公司。」
「那家公司雖然規模不大，但我認為是一家很不錯的公司。」松田說完，看著湯川說：「橫森老師似乎有點在意這件事。」
「這樣啊。」湯川點了點頭。
「怎麼回事？」
「等一下告訴你。」湯川說完，對著他擠眉弄眼。
草薙輕輕嘆了一口氣，將視線移回松田身上。
「藤川在談到他辭職這件事時說了什麼？」
「他並沒有說詳細的情況，我也不好意思追問，但他說會重新開始，所以我也暫時放了心。我對他說，如果遇到什麼困難，可以隨時來找我。」
松田補充說，藤川那一天並沒有提出希望為他介紹新工作，之後也沒有再聯絡。
「所以那天之後，藤川就沒再來過這裡。」

「對。」

「太奇怪了。」湯川說，「他上個月的月底應該來過這裡。」

「不，我沒見到他。」松田說。

草薙拿出剛才那張照片，松田看了照片，露出訝異的表情。

「是這裡的停車場，這張照片怎麼了嗎？」

「這是在藤川的住處找到的，上面顯示的日期是八月三十日。」

「真的欸，」松田偏著頭，「他拍這張照片有什麼目的？」

「你認為藤川來這所大學，可能還會去什麼地方？」

「這我就不太清楚了，因為我記得他並沒有參加社團，所以真的不太知道。也許他認識延畢的學生或是研究生，只是我並不知道。」

「是嗎？」草薙再度收起照片，「請問橫森教授今天在嗎？」

「他上午還在，下午出去了，今天應該不會回來了。」

「那我只能改天再來拜訪他。」草薙向湯川使了一個眼色，湯川站了起來。

「不好意思，沒幫上任何忙。」松田向草薙道歉。

「最後還想請教一件事，請問你對這起案子有什麼頭緒嗎？任何小事都沒有關係。」

松田聽了草薙的問題，似乎努力想了一下，但最後還是搖了搖頭。

「他是一個很認真老實的學生，我認為應該不會和別人結怨，而且應該也沒有人可以因為殺他而得到什麼好處。」

草薙點了點頭，道謝後站了起來。這時，他看到旁邊的垃圾桶裡有報紙。他把報紙撿了起來。

「喔，真有意思，你也對這個報導有興趣嗎？」草薙把報紙出示在松田面前，報紙上刊登了湘南的那起爆炸案。

「那是橫森老師帶來的，」松田說：「真是一起奇怪的爆炸案。」

「你對這起爆炸案有什麼看法？」湯川問他。

「我完全猜不透，炸藥是屬於化學領域的事。」

「幸好那不是發生在我們轄區。」草薙笑著把報紙丟回垃圾桶。

「仁科工程設計是一家主要生產管線設備的公司，但你不要以為是普通的自來水管或是下水道的管線，而是火力發電廠和核能發電廠等熱交換機周圍的巨大管線設備。橫森教授是那家公司的技術顧問，所以只要有學生想進那家公司，他應該只要一通電話就可以搞定。」離開第五研究室，湯川在走下樓梯時告訴草薙。

「所以藤川也是在教授的安排下進入那家公司。」

「很有可能，但也可能是相反的情況。」

「怎麼說？」

「仁科工程設計也有可能請教授推薦優秀的學生，雖然目前是很難找到工作的時代，但知名度低的公司往往很難找到理想的學生。」

「如果有教授的推薦，那就萬無一失了，但當事人的意願不是很重要嗎？」

「這就是令人悲哀的地方，四年級的學生其實內心還是小孩子，很少有學生具體瞭解自己想去怎樣的公司，想做怎樣的工作，所以只要教授大力推薦，應該有人會聽從教授的安排，雖然不知道藤川是否屬於這種情況。」

「這或許就是他進公司兩年後辭職的原因。」

他們走出大樓，繞去停車場。停車場幾乎呈正方形，周圍圍起了鐵網，但可以自由出入，目前停了十三輛車子。

「學生的車子基本上不能停在這裡，因為一旦開放學生停車，這裡就會擠滿車子，現在的學生還真有錢。」湯川說。

草薙拿出相片比對，不停地移動，藤川似乎從馬路對面的那棟建築物拍這個停車場。

「老師，你在這裡幹嘛？」一個年輕人走向湯川問道，他把長髮綁在腦後，「你的車子被人破壞了嗎？」

「我沒有車子，正打算買車，所以來看看停車場，想一下要買什麼車子。」

「要和木島老師、横森老師較勁嗎？」

「喔，對喔，他們最近都買了新車，是哪一輛？」湯川巡視著停車場內的車子問。

「現在兩台車都不在。」那名學生迅速巡視後回答，「木島老師是BMW，横森老師開的是賓士。」

「你聽到了嗎？現在的教授多有錢。」湯川用力攤開雙手。

草薙看著照片，照片中停的幾輛車中，的確有BMW和賓士，兩輛車都亮閃閃，一看就知道是新車。

他給那個學生看了照片。

「沒錯，這兩輛就是兩位老師的新車。」那個學生開心地說完後，偏著頭問：「這張照片該不會是那個時候照的？」

「那個時候？」

「我忘了是什麼時候，之前有一個陌生的男人拿著相機在這附近拍照。我記得好像是上個月的三十日。」

草薙和湯川互看了一眼，然後立刻拿出另一張照片，那是藤川雄一的照片。

「是不是這個人？」草薙問。

那個學生看了照片，輕輕點了點頭。

「我記得差不多就是這個樣子，如果問我能不能肯定，我就不太有自信了。」

「他除了拍照以外，還做了什麼？」

「我也不太清楚，因為沒仔細看，所以不記得了，但他找我聊了幾句。」

「喔？和你聊了幾句？」

「對，啊，他好像也問了老師車子的事。」

「車子的事？」

「他問我哪一輛是橫森教授的車子，所以我就告訴他，是那輛灰色的賓士。」

草薙看著湯川，年輕的物理學副教授摸著下巴，看向遠方。

4

藤川雄一的住處有兩個書架，兩個書架都是鐵架，高度和草薙的身高差不多，上面放滿了專業書籍和科學雜誌。大部分都是大學時使用的書，但草薙驚訝地發現還有高中時的參考書和課本，甚至還有考大學時使用的試題集。這些書都整理得很整齊，看起來不像是沒空丟掉，而是為了記錄自己用功的歷史刻意保留下來。

草薙再度體會到所謂的「一種米養百種人」。他在放榜的隔天，就在院子裡把所有考試用的書全都燒光了。

「好像沒這種東西。」後輩的根岸刑警在草薙身後說，他正在檢查藤川的書桌抽屜。

「所以代表他目前並沒有找到下一個工作。」草薙盤腿坐在地上，抬頭看著書架，他們正在尋找公司簡介和求職雜誌。

在這裡發現屍體至今已經過了兩天，今天白天時，草薙和根岸一起去兩個地方查訪。其中之一是仁科工程設計的川崎工廠，藤川在七月之前，都在那裡工作。

「他突然說要辭職，事先也完全沒有打過招呼，而且不知道什麼時候已經準備好我們公司規定的離職申請書，拿給我說：『課長，請你蓋章。』」圓臉的課長微微噘著嘴，「原因嗎？他說覺得自己不適合這個工作，我覺得簡直在開玩笑，並不是每個人都可以做自己想做的工作。他的工作是設計，負責設計大樓的空調設備。今年四月時，公司內部大幅調整，所以他就被調到這個部門。他之前工作的部門嗎？是設備開發部門，其實工作內容並沒有太大的改變，反正他就是很以自我為中心，所以我也很火大，就對他說，既然這麼想辭職，想走就走吧。」

和藤川關係最好的同事說的情況也和課長差不多。

「他好像一開始就對這家公司不太滿意，在四月調整部門之後就變得更加明顯了，一眼就可以看出他對工作提不起勁，只是我也不知道原因。」

草薙和根岸又去見了帝都大學的横森教授，他在新宿一家飯店參加研究會，於是就約在那裡的咖啡廳見了面。

「當初的確是我推薦藤川去仁科工程設計，」又矮又禿的教授聲音有點高亢，「但並沒有說他非去不可。他畢業研究的課題是熱交換系統，我只是告訴他，那家公司的工作性質和他做的研究很相近。」教授微微挺著胸膛說，似乎不希望莫名遭到懷疑。

「聽說上個月中旬，藤川曾經去你的研究室找你，請問你們當時聊了什麼？」草薙問。

「沒聊什麼特別的事，他說對辭了當初我介紹他去的那家公司感到抱歉。我說這沒關係，希望他趕快找到下一份工作。」

「就只是這樣嗎？」

「就只是這樣而已，不行嗎？」横森明顯感到不高興。

最後，草薙告訴他藤川拍了停車場的照片，以及在找横森的車子這件事，問他是否知道原因。

矮個子教授回答說，他不知道原因，而且感到莫名其妙。

去了這兩個地方後，他們再度來到藤川的家，希望可以找到他辭職的原因，以及辭職後想要幹什麼。

但是，目前沒有找到任何線索。

草薙嘆了一口氣後站了起來，走去廁所小解。簡易浴室上方拉了一根洗衣繩，上面掛了一件泳褲。草薙怔怔地想，他之前可能曾經去哪裡游泳。

勘驗現場的結果認為，兇手可能是熟人。室內沒有打鬥的痕跡，兇手從背後敲擊藤川的後腦勺，藤川顯然沒有防備。兇器是留在現場的四公斤重啞鈴，已經確認是藤川所有，也就是說，兇手可能因為某種原因，在衝動之下行兇殺人。

雖然是衝動殺人，但兇手之後的處理很冷靜，除了擦拭了留在各處的指紋，不知道是否擔心毛髮掉落，還清潔了地板。為了延後屍體被人發現的時間，還開著冷氣延緩屍體腐爛，沒想到弄巧成拙，反而成為提早屍體被人發現的原因，也實在很諷刺。

小解完洗手時，他發現腳邊掉了一張紙片。草薙彎腰撿了起來，發現是咖啡店的收據，忍不住有點失望，因為他認為這對破案並沒有幫助。收據上顯示的日期也離案發時間很遠。

但是，他正準備把收據放回洗手台時，忍不住停下了手。因為印在收據上的地址引起了他的注意。

那是湘南海岸附近的一家咖啡店，草薙有親戚住在那裡，所以對那一帶的地名很熟悉。

日期——

沒錯，就是那起爆炸案發生的那一天。

5

雖然察覺到有客人走進來，長江秀樹仍然低頭看著體育報，因為他覺得一定又是只逛不買的客人，更何況這家店賣的不是什麼貴重的商品，也不必擔心被人偷走。即使遭竊，反正自己的口袋也不會少半毛錢，最多只是聽老闆囉嗦幾句而已。

「海浪」是一家小型禮品店，專賣一些便宜的墨鏡、海灘球和夾腳拖之類的東西，不久之前，還有許多年輕男女一臉天真的表情在店裡逛來逛去。

這陣子每天都門可羅雀，雖然海水浴的季節已經結束，這也是理所當然的事，但老闆還是忍不住嘀咕：「比往年提早了十天左右。」以長江的經驗，往年的這個時期，馬路對面的海灘上，仍然會有零零星星的泳客，但今年的確冷冷清清。

原因很明顯，就是受到日前爆炸事件的影響。海上突然竄起火柱，一名正在海中戲水的女泳客被炸死，而且爆炸的原因不明，如果還有人敢下水，才是令人奇怪。那次之後，長江也都遠離海灘，因為甚至有人說，沙灘上埋了地雷。

老闆說，今年的生意完蛋了，長江也有同感。

正當他準備翻運動報時，發現有人站在面前，把什麼東西放在收銀台的桌子上。抬頭一看，原來是小型鑰匙圈，是這家店的商品。

「歡迎光臨。」長江放下報紙，慌忙用收銀機打了金額，鑰匙圈的價格是四百五十圓。

「真冷清啊。」客人在付錢時說。

眼前的男客看起來三十歲左右，個子很高，戴著墨鏡，穿著亞曼尼的開襟襯衫。只要看他幾乎沒有曬黑的臉，就知道他很少來海邊。

「是啊。」長江把鑰匙圈裝進袋子後，連同找零的錢一起交給他。

「果然受到了爆炸事件的影響嗎？」

「應該吧。」長江冷冷地回答，覺得怎麼又要聊這件事。

「我剛才向前面的咖啡店打聽了一下。」客人用大拇指指向東方，「聽說當時你就在附近？」

長江抬起頭想要看男人的眼睛，但他的墨鏡顏色很深，看不到他的眼睛，所以也無法看到他的表情。

「你是警察嗎？」長江問。因為警方已經為這件事來問過他好幾次。

「不，這是我的名片。」男人遞上了名片。

長江看到名片上的頭銜，忍不住有點驚訝。

「我沒想到物理學的老師會來這種地方。」

「可不可以向你瞭解一下當時的情況？不會占用你太多時間。」

「那倒是沒問題，只是我說的話可能沒什麼參考價值，因為警察聽了也都露出不可思議的表情。」

「你看到了什麼不可思議的事嗎？」

「因為那裡突然發生爆炸，當然不可思議啊。」

「是怎樣的爆炸？」

「該怎麼說呢，就是從海裡突然噴火，水花濺了好幾十公尺，好像是什麼爆炸的感覺。」

「爆炸？」

「之後才更不可思議，雖然我說了也都沒人相信。」

「發生了什麼狀況？」

「許多小火球在海面上滑行擴散，簡直就像有生命一樣。」

「在海面上滑行……是喔。」男人用手指稍微推了推墨鏡中央，「並不是火星四濺吧？」

「完全兩回事，因為其中有些火球還不斷改變方向。」

「顏色呢？」

「啊？」

「我是問顏色，請問是什麼顏色？」

「呃……」長江回想起當時的情景，「是黃色。」

「原來是這樣，」男人點了點頭，似乎對長江的回答感到滿意，「原來是黃色。」

「雖然警察還問我，是不是眼睛的錯覺。」

「但並不是錯覺吧？」

「對，」長江點了點頭，「雖然你不相信也沒關係。」

「不，我相信。」男人把裝了鑰匙圈的袋子放進口袋，「不好意思，打擾你工作了。」

「這樣就行了嗎？」

「嗯，已經足夠了。」男人走了出去。

長江目送那個客人的背影離去時想，晚一點要向朋友吹噓一下這件事。如果告訴大家，有物理學家特地從東京來找自己，大家一定會很驚訝——

6

梅里尚彥住在橫濱市神奈川區。他住的大廈公寓位在這片有很多坡道，住宅密集的區域，從東急東橫線的東白樂車站走路大約十分鐘。

大門有自動門禁系統。草薙看著記事本，確認了地址，按了五〇三的房間號碼，對講機立刻傳來一個聲音。

「哪位？」

「我是警察，可以請教你幾個問題嗎？」草薙對著對講機說。

「又要調查？」那個聲音聽起來很不耐煩，神奈川縣警應該已經多次向他瞭解情況。

「不好意思，只問幾個問題。」

草薙這麼回答後，沒有聽到任何回答，旁邊的大門門鎖打開了，草薙腦海中浮現男人咂嘴的樣子。

來到梅里尚彥的家門口，再度按了門鈴。門打開了，一張黝黑的臉探了出來。

「不好意思，打擾你休息。我打電話去你公司，公司的人說你今天在家。」

「因為頭痛，所以就在家休息。」梅里尚彥冷冷地說。他穿著T恤和運動褲，「我已經沒什麼可說了。」

草薙出示了警察證。

「我是東京的警察，因為另一起案子的關係，想問你幾個問題。」

「另一起案子？」梅里皺起眉頭。

「對，也許和你太太有關。」

梅里的臉上出現了微妙的變化，似乎覺得如果可以瞭解妻子遭遇不幸的原因，稍微聊一下也無妨。

「詳細的情況請你去問那些事件的刑警，因為我懶得一再重複同樣的話。」

「好，我知道。」

草薙點了點頭，梅里才終於把門開大一點，似乎示意草薙進屋。

雖然兩房一廳的房間很新，但無論放了沙發的客廳還是廚房都很凌亂，只有三坪大的和室整理得很乾淨，那裡有一個小型佛壇，線香冒著一縷細煙。

草薙坐在沙發上，梅里坐在開放式廚房吧檯的椅子上。

「另一起案子是什麼案子？」梅里開口問道。

草薙想了一下後回答說：「有一名男子被人發現離奇死亡。」

「遭人殺害嗎？」

「雖然無法斷言，但八成是這樣。」

「和律子的案子有什麼關係？同一個兇手嗎？」

「不。」草薙搖了搖頭，「目前還不瞭解任何明確的情況，只是發現了令人在意的事。」草薙遞上一張照片。那是藤川的照片，「你認識這個人嗎？」

梅里接過照片，立刻搖了搖頭。

「我沒見過這個人，他是誰？」

「這次離奇死亡的人，名叫藤川雄一，你也沒聽你太太提過這個人嗎？」

「藤川……沒聽過。」

「那一天，」草薙說到這裡，吞了吞口水，「在你太太去世的那一天，那個人似乎也去了那裡的海邊。」

「是喔……」梅里再度看了一眼照片。

草薙根據在藤川的住處撿到的收據，查到了那家咖啡店的正確位置。果然不出他的所料，就在湘南海岸旁。

「但是，」梅里說，「即使他也在那裡，也未必有關啊，尤其那天有很多泳客。」

「但還有另一件無法認為是偶然的事。」

「什麼事？」

「這個姓藤川的人是帝都大學的畢業生，他在兩年前畢業。」

「是喔。」梅里的表情似乎比剛才更嚴肅了。

「聽說你太太在去年之前，都在帝都大工作。」草薙說。

這是草薙向神奈川縣警問了梅里律子的經歷後掌握的情況，得知這件事之後，他的直覺變成了確信──這兩起事件有關聯。

「對，她是學生課的職員。」梅里點了點頭。

「所以，藤川雄一在學的四年期間，曾經可能和你太太有過接觸。」

梅里聽了草薙的話，抬起頭，微微瞪著眼睛。

「你是說，律子和這個男人有一腿嗎？」

「不，我不是這個意思。」草薙慌忙搖著頭，「我不該用接觸這個字眼，應該說，他們可能曾經有過交集。」

「我們在去年結婚之前交往了六年，我自認為比任何人更瞭解律子，但我從來沒有聽她提過藤川這個名字，我不認識這個人。」梅里說完，把照片放在草薙面前。

「我知道了，那你在整理你太太的東西和書信類時，如果看到藤川這個姓名，可以麻煩你打電話到這裡嗎？」草薙把照片放進口袋，拿出自己的名片放在桌上。

「你是說，如果發現情書嗎？」

「這就……」

「律子向來很討厭帝都大的學生，她經常說，那些學生都自以為是菁英，目中無人，也都很自戀，但又都缺乏擔當，一旦遇到問題，就只會向父母哭訴，雖然個個高頭大馬，但和巨嬰沒什麼兩樣。」

「藤川可能也是其中一個巨嬰。」

「也許吧。」梅里說完這句話，先閉了嘴，然後似乎在思考什麼。他再度抬起頭說：

「我有兩件事很在意，我之前也已經告訴了這裡的警察。」

「什麼事？」

「那天去海邊的路上，律子說了好幾次，好像有車子一直跟在我們後面。」

「跟蹤你們嗎？」

「我不知道，我當時一笑置之，說不可能有這種事……」

「你們什麼時候決定去海邊？」

「我記得是兩天前。」

「有沒有告訴誰，你們要去海邊這件事？」

「我並沒有告訴過任何人，但律子有沒有說就不知道了。」

草薙猜想藤川應該一直跟蹤梅里夫婦。如果說，那天跟在他們身後的是藤川……

「還有另一件在意的事是？」

梅里遲疑了一下後開了口。

「在爆炸之前，有一個男人靠近律子，是年輕的男人。」

「怎樣的男人？」草薙拿著筆放在記事本前。

「因為對方戴著蛙鏡，而且離我有一點距離，我沒看清楚，但是，」梅里舔了一下嘴唇繼續說道，「我覺得髮型有點像照片上的男人……那時候的男人也是短髮。」

草薙拿出照片再度打量著，藤川雄一混濁的雙眼望著他。

7

和梅里尚彥見面的隔天，草薙再度造訪了帝都大理工學院。他是這所大學社會學院的畢業生，但現在反而對這棟完全不同領域的校舍更加熟悉。

來到那棟大樓前時，他看向那個停車場後，忍不住停下了腳步。因為他看到湯川學在那裡，在一輛賓士車旁時而站直、時而彎下身體。

「喂。」草薙叫了一聲。

湯川愣了一下，但得知聲音的主人後，露出鬆了一口氣的表情。

「草薙，原來是你啊。」

「不好意思啊，叫你的竟然是我這種無聊的對象，你在幹嘛？」

「不，沒什麼重要的事。」湯川站了起來，「我只是在看橫森教授的車子。」

「喔，這就是他的車子嗎？」草薙低頭看著灰色的車身，點了點頭，「的確像是新車，亮閃閃的。」

「因為聽說藤川在打聽橫森教授的車子是哪一輛，所以我在確認哪裡有異狀。」

「原來是這樣。」草薙理解了湯川想要表達的意思，「你認為可能設置了炸彈。」

「不，我並沒有特別的根據，只是因為聽你說了那件事。」

「藤川可能是爆炸案的兇手嗎？」

草薙已經告訴湯川，藤川雄一那天可能去了湘南海岸。

「之後有進展嗎？」

「昨天去見了被害人的丈夫，藤川是兇手的可能性果然很高。」

草薙把從梅里尚彥口中得知的事簡單扼要地告訴了湯川。

「問題在於被害人和藤川之間的關係。」湯川說。

「沒錯。對了，那件事你查了嗎？」

「哪件事？」

「你忘了嗎？我不是請你研究一下，藤川擁有的技術是否能夠引發那種爆炸嗎？」

「喔，原來是那件事。」湯川摸著下巴，望著遠方，「不好意思，我這幾天很忙，把這件事耽擱了，我馬上就來研究。」

「是嗎？不好意思，那就拜託了。」草薙在說話時感覺有點不太對勁，因為湯川很少說話時不看著別人的眼睛。

草薙看著湯川的側臉時，發現了一件事。

「你曬黑了些，好像去了海邊。」

「啊？有嗎？」湯川摸了摸自己的臉頰，「應該沒這回事，可能是光線的關係。」

「是嗎？」
「我哪有時間去海邊，先進去再說吧。」
湯川走向大樓，草薙也跟在他身後。
這時，背後傳來喇叭聲。回頭一看，一輛深藍色ＢＭＷ駛進停車場。
湯川滿臉笑容地走向那輛車，看著ＢＭＷ停好車。
一個上了年紀的矮個子男人下了車。因為他的姿勢很挺，所以雖然個子不高，但看起來落落大方。
「木島老師，國際會議的情況怎麼樣？」湯川問他。
「反正就那樣，倒是很高興隔了這麼久，終於又見到他們了。」
「前夜祭再加上連續開三天會議，應該很累吧？」
「是啊，真的有點太長了，必須再精簡一下。」
湯川和木島走向大樓，草薙跟在他們身後。
「木島老師這幾天不在，能研的人看起來都很寂寞。」
「山中無老虎，猴子稱大王，只是整天打電話來飯店，真是被他們麻煩死了。」
「有什麼急事嗎？」
「不，幾乎都不是什麼重要的事，一直問我天氣的情況。說什麼因為我去陌生的地方，下雨天最好不要開車，簡直把我當成了老人，真是多管閒事。」

「誰打這種電話給你？」

「系上的年輕人啊，真是傷腦筋。」但木島看起來心情很不錯。

草薙以為他們會搭電梯，沒想到兩個人都沒說什麼，就直接走上了樓梯。木島雖然看起來六十歲左右，但腳步很穩健。

湯川在中途和木島道別，和草薙一起走進物理系第十三研究室。

「他是理工學院的老大，」湯川說。他似乎指的是木島教授，「也曾經被稱為是量子力學領域的教父，現在是能源工程學系的系主任，好學的學生十之八九都想接受他的指導。」

「太厲害了。」

「最貼切的表達方式是，」湯川說：「他是理工學院的長嶋茂雄。」

「原來是這樣，」草薙笑著點了點頭，這樣的形容的確很容易理解，「大家都很愛戴他，還特地提醒他下雨天不要開車。」

「這有點過分，不知道是誰打電話給他。」

「是不是帶有嘲諷的意思？提醒他新車不要淋雨。」

「喔，對喔。」湯川點頭之後，突然臉色大變，注視著某一點，咬著嘴唇。

「怎麼了？」草薙看到多年老友不尋常的樣子，感到有點不安。

湯川注視著他。

「也許……」他嘀咕了一句，立刻衝了出去。

「啊，喂，怎麼回事？」草薙也跟在他身後。

湯川在走廊上奔跑，沿著樓梯衝了下去。因為平時經常打羽毛球，所以敏捷的身手看起來完全不像學者，反而是草薙感到有點喘不過氣。

湯川衝出大樓，跑向停車場，來到木島剛才停車的ＢＭＷ旁，才終於停了下來。

草薙也跟著停了下來，渾身都噴著汗水。

「到底是怎麼回事？你解釋一下。」

但湯川沒有立刻回答，他在車旁蹲了下來，探頭看著車底。

不一會兒，他嘆著氣，輕輕搖了搖頭。

「草薙，拜託你一件事。」

「什麼事？」

「你去叫木島教授來這裡，馬上就去。」

「找教授？為什麼？」

「等一下再向你解釋，總之，現在要分秒必爭。」

「好，教授的研究室在哪裡？」
「四樓最東側，但要小心，你帶他過來時不要被任何人發現。」
「任何人嗎？」
「對。」湯川深深皺起眉頭，「如果你想破案，就趕快照我說的去做。」

8

隔天下午，草薙又去了帝都大。
前一天晚上，他逮捕了松田武久。
松田潛入了位在成城的木島文夫家車庫，正打算逃走時，被監視的警察抓住了。
當時，松田拿著裝在塑膠袋裡的金屬塊，金屬塊大約手掌的大小。遭到逮捕時，他對沒收金屬塊的警察說：
「絕對不要碰水，否則你會後悔一輩子。」
身為科學研究者的良心，讓他說了這句話。
但松田的擔心是多餘的，因為那塊金屬並不是他以為的東西。在他遭到逮捕的兩個小時前，已經被湯川學掉包了。

他潛入木島家車庫偷走的只是塗了顏色的黏土。
「松田已經招供，是他殺了藤川。」草薙看著一臉疲憊的湯川說，他的心情不太好，「原本以為他很難對付，但他似乎在木島家遭到逮捕時就放棄了。」
「可能知道抵抗也無濟於事。」
「也許吧。先不談這件事，我有很多搞不懂的地方，而且也想聽你說明一下。」
「嗯。」
湯川從椅子上站了起來，挪了挪下巴，似乎示意他也過去。草薙跟在湯川身後。
桌上放著餅乾鐵盒，裡面裝了水。
湯川從另一張桌子上拿了油紙包的東西。打開一看，裡面有差不多像掏耳棒大小，看起來像白色結晶的東西。
「你稍微退後一點。」
草薙聽到湯川這麼說，退後了幾步。
湯川走近鐵盒，立刻把油紙包裡的東西丟進水裡，然後自己也離開桌旁。
鐵盒內立刻有了反應。鐵盒內冒出了火，隨即發出巨大的聲音，鐵盒彈了起來，裡面的水也都濺了出來，其中有幾滴濺到了草薙所站的位置。
「太驚人了。」草薙拿出手帕說道。

「威力很強吧，只有這麼少量，就有這麼大的威力。」

「這是……」

「這是鈉。」湯川說，「就是湘南爆炸案的原因。」

「我聽松田說了，但至今仍然沒什麼概念。」草薙戰戰兢兢地探頭看著爆炸已經停止的鐵盒，「沒想到這麼驚人。因為我對鈉完全不熟，倒是聽過氫氧化鈉，或是氯化鈉之類的。」

「鈉是金屬，但在自然界，無法持續以金屬的狀態存在。正如你剛才所說的，都會以化合物的方式存在，我剛才丟進水裡的鈉，和空氣接觸的部分也已經氧化了。」

「但金屬會爆炸嗎？」

「這並不是鈉本身爆炸，我剛才也說了，鈉很容易和其他物質反應，尤其和水產生反應時，會在變成氫氧化鈉的同時釋放大量熱量，也會產生氫氣，氫氣和空氣混合，就會產生爆炸。」

「所以不是火柴和火藥，而是水和鈉嗎？」

「然後只剩下氫氧化鈉，氫氧化鈉很容易溶於水，所以在湘南的大海當然不可能找到任何爆炸留下的痕跡。」

「但是，你剛才實驗時，不是一放進水裡就爆炸了嗎？兇手藤川也根本來不及逃走。」

「好問題。想要使用鈉引發爆炸時，只要動一下手腳，就可以發揮定時的效果，而且也不會留下痕跡。」

「怎麼動手腳？」

「讓金屬鈉的表面變成碳酸鈉。碳酸鈉的性質很穩定，所以沒有危險，只不過碳酸鈉也很容易溶於水。」

「會有怎樣的結果？」

「剛接觸水時，因為碳酸鈉發揮了保護作用，所以鈉不會馬上和水發生反應，但隨著時間經過，碳酸鈉逐漸溶化，裡面的鈉就會直接碰到水——」

「於是就會砰嗎？」草薙在臉前張開雙手。

「我認為藤川偷偷拿了已經動過手腳的鈉接近梅里律子，然後放在她的下方。聽說梅里律子趴在沙灘墊上，所以也可能用什麼方法固定在沙灘墊上。」

草薙點了點頭，即使他對理工一竅不通，也大致能夠理解，因為兇手已經死了，所以已經無法明確瞭解真相。

「聽松田說，在八月中旬藤川來了之後，發現鈉被偷走了。」草薙在椅子上坐下時說。

松田正在研究使用液態鈉的熱交換系統，所以曾經也在同一個研究室的藤川要偷走鈉並不會太困難。

「當時松田和藤川聊了什麼？」湯川坐在桌角，看著半空嘀咕。

「松田說，藤川去向他抱怨。說在學期間進入橫森教授的研究室，因此協助松田進行研究，以及進入仁科工程設計這家公司，都違背了他的本意。松田認為尤其是在仁科被迫做他完全沒有興趣的工作，導致他多年的鬱悶一下子爆發了。」

湯川緩緩搖了搖頭。

「聽起來好像怨氣很深。」

「真的很深，不瞞你說，我還沒有完全搞懂。」草薙說完，把記事本拿了出來。除了鈉的問題以外，他也想聽聽湯川對於整起事件背景的建議。

聽松田說，藤川原本想進木島教授的研究室，但因為缺少一個重要的學分，所以無法如願。因為必須在三年級時修木島教授的那堂課，取得那個學分。

「藤川無法修那堂課的原因就只有一個，他忘了必須在半年前填好選課單交給學生課。當藤川發現時，已經過了申請期限，藤川慌忙去學生課，希望可以補交——」

「但學生課不同意。」湯川說，「我聽學生說，我們學校的學生課在這方面很嚴格，我本身也有經驗。」

「當時，就是梅里律子冷冷地拒絕了他。」
「原來是這樣。」湯川用力點頭。
「於是藤川直接去拜託木島教授，希望可以讓他上那堂課。當忘了填選課單，或是在申請期限截止之後想要更改時，只要教授同意就沒問題。」
「嗯，教授怎麼說？」
「教授沒有同意。」草薙說，「松田說，他也不知道原因。」
湯川微微偏著頭說：
「我似乎能夠瞭解其中的原因。」
「什麼原因？」
「等一下再說，藤川之後怎麼做？」
「沒怎麼做，最後就無法上那堂重要的課，也無法進入他夢寐以求的木島教授研究室，只好在無奈之下，進了橫森教授的研究室。」
「結果只能做他沒有興趣的研究，進入他沒有興趣的學校，做他沒有興趣的工作，變成一切都是那兩個人的錯。」
「沒錯，就是那兩個人，梅里律子和木島教授。」草薙說完，抓了抓頭。
「但是通常遇到這種情況會想要殺人嗎？松田認為他有點情緒不穩定。」

「松田嗎?」湯川瞪大了眼睛,「他認為藤川有點情緒不穩定?」

「對。」

「是喔……」湯川仰頭看著天花板,似乎在思考。

「怎麼了?」

「沒事,」湯川搖了搖頭,「他怎麼解釋殺害藤川這件事。」

「聽松田說,在他得知湘南的事件時,根據爆炸的狀況和被害人的姓名,就猜到一定是藤川幹的,他調查了實驗室後,發現鈉的量減少了。」

松田立刻去了藤川位在三鷹的公寓,想要確認真相。

藤川並沒有否認,承認是自己犯的案。不僅如此,還告訴松田,自己還打算殺另一個人,那個人就是木島教授。

「松田之後說的話有點費解。」草薙皺著眉頭繼續說道。

「他聽到藤川說,這下子你們也完蛋了,於是在盛怒之下殺了藤川。我搞不懂為什麼松田他們完蛋了,而且松田為什麼會火冒三丈,在說明這些問題時,松田的話就有點不得要領。」

「原來是這樣。」湯川站了起來,站在窗邊。

「你是不是猜到了什麼。」

「是啊，但並不是什麼費解的事，而是很常見的事。」

「說來聽聽。」坐在椅子上的草薙轉動身體，面對湯川的方向。

湯川抱著雙臂站在窗前，在逆光下看不到他臉上的表情。

「那就從能源工程學系的前身說起，以前那個系叫作核能工程學系。」

「啊？是這樣嗎？」草薙覺得以前的名字比較容易懂。

「之所以改系名，是因為那個名字給社會大眾的印象不好，所以研究內容也漸漸改變了方向，但仍然保留了某些研究課題。松田做的研究也是其中之一，極端地說，使用液態鈉的熱交換技術只有一個用途而已。你知道是什麼用途嗎？」

「不。」草薙很想說，我怎麼可能知道。

「這是從燃燒鈽的原子爐，也就是高速反應爐中取出熱能的技術，你應該還記得幾年前快滋生反應爐的鈉外洩事故吧？」

「喔，」草薙點了點頭，「我記得那件事，我想起當時好像的確說是鈉有什麼問題。」

「那起事故之後，政府大幅修正了使用鈽的計畫，之後相關機構相繼發生隱瞞事故的醜聞，也讓整件事雪上加霜，也當然會對各方面造成影響。相關企業當然立刻做出了反應。」湯川移動了兩三步，從書架上抽出像是簡介的資料，「不瞞你說，我向仁科工程設計的朋友打聽了一下，結果和我想的一樣。那家公司為了日後使用鈽時代的來臨，持續累積相關技術，但今年之後，停止了相關的技術研究工作，藤川也因為這個原因被調動到其他部門。」

「原來是這樣啊，那或許可以理解藤川為什麼變得有點想不開。」

草薙猜想，雖然原本並沒有太大的興趣，但至少能夠運用自己的專業知識從事研究工作，但沒想到連這種工作也被剝奪，他可能頓時失去了人生的方向。

「繼企業之後，研究人員也跟著受到了政府能源政策的影響。」湯川繼續說道，「松田做的那項研究工作，也成為必須重新檢討預算的對象。」

「原來是這樣……」

「松田應該整天戰戰兢兢，如果他從事的研究不再是大學的研究課題，之前的辛苦就泡湯了，當然也會影響到他的升遷。」

草薙聽了湯川的話，想起松田還是助理教授這件事。

「如果畢業生藤川成為殺人兇手，就會成為決定性的……」

「松田應該更在意藤川使用了鈉殺人這件事，鈉原本就讓人覺得是危險物品，而且又是從大學的研究室偷走……」

「就會成為決定性的關鍵。」

「松田應該也知道，殺了藤川無法解決問題，但只是覺得必須處理這個男人。」湯川輕輕搖了搖頭，「雖然他說藤川情緒不穩定，但他自己應該也差不多。」

「沒錯。」草薙表示同意，「松田一直很擔心下雨。」

「他起初並不知道鈉放在哪裡嗎？」湯川問。

草薙點了點頭。

「他看了那張照片後，才發現應該放在木島教授的車上，但那時候教授已經出發去大阪參加國際會議，一旦下雨，鈉就會爆炸，喔，不對，是氫氣爆炸。總之，他認為會造成嚴重的後果，所以惶惶不可終日。」

「如果不是因為他的良心，我應該到現在還沒有發現有人要對木島老師下手。」湯川看著窗外。

「根據停車場的照片等相關證據，我以為是有人要對橫森老師的車子下手，但事實並非如此。藤川問橫森老師的車子是哪一輛，是為了知道哪一輛是木島老師的車子。他可能認為如果直接說出木島老師的名字，當爆炸發生時，就會有人想起這件事。」

鈉用快乾膠黏在BMW的車身內側，湯川故意設下陷阱，在掉包之後故意讓松田去回收。

「我想問你一個問題，」草薙看著物理學家的側臉說：「你什麼時候開始覺得松田有問題？」

這個問題似乎刺激了湯川內心的某些東西，他偏著頭回答：

「聽你說藤川可能和湘南的事件有關的時候。因為我在稍早之前，就想到了使用鈉的可能性。」

「但你完全沒有向我提過，為什麼？」

「不知道。」湯川偏著頭，「為什麼呢？」

該不會想要袒護他——草薙正想這麼說時，聽到了敲門聲。湯川說了聲：「請進。」

木島教授走了進來，草薙忍不住站了起來。

「上次真的太感謝了。」教授看到草薙，立刻放鬆了臉上的表情。

「不，我該感謝你。」草薙鞠躬說道。之前為了逮捕松田，請木島把車子開回成城的家中，木島提供了不少協助。

木島和湯川談了一些公事後，正準備離開，草薙叫住了他。

「木島老師。」

木島回頭時，他問：

「請問老師，當時你為什麼沒有同意藤川修你的課？」

老教授看著他的臉露出笑容。

「你有沒有從事什麼運動？」

「在練柔道……」

「既然這樣，你應該能夠理解。」木島說：「無論基於任何理由，忘了報名的選手都不可以參加比賽，而且這種選手也不可能贏得比賽。學問也是戰鬥，不能對任何人講情面。」

教授說完，再度笑了笑，走出了研究室。

草薙站在那裡，轉頭看著湯川。

湯川淡淡地笑了笑，看著窗外的天空說：

「下雨了。」

第五章 出竅

1

冷氣在最糟糕的時間點發生了故障。梅雨季節結束已經超過一個星期，這一陣子每天上午的氣溫都超過三十度，今天也一樣，中午過後，氣溫應該會繼續上升。

上村宏左手拿著扇子，在鍵盤上敲打幾個字後，就用扇子對著臉搧風，然後用放在旁邊有點髒的毛巾擦著脖子上的汗水。雖然窗戶全都敞開著，但幾乎沒有一絲風吹進來，平時不太在意電腦發出的熱量，今天也覺得難以忍受。

要不要去飯廳？上村搖著扇子思考。除了當成工作室使用的這間西式房間以外，做為臥室使用的三坪大和室內也裝了冷氣，只要打開和室的紙拉門，廚房兼飯廳就會比較涼快。

但這樣還是不妥。他改變了主意，因為兒子忠廣目前正在和室睡覺，而且他正在生病。

忠廣天生體弱多病，現在已經讀小學二年級，只要一感冒，就遲遲不見好轉。這一次也一樣，他在四天前說頭痛，之後燒得越來越嚴重，完全不見好轉，雖然吃了藥稍微退了燒，但晚上又燒了起來，昨晚也發了將近三十九度的高燒，上村忙著照顧兒子，完全無法工作。

上村是自由撰稿人，目前和四家出版社簽約，主要為週刊寫報導，其中一份稿子的截稿期迫在眉睫，他必須在傍晚將之前採訪的使用手機的新型態玩樂方式寫成文章，如果不是為了這篇稿子，他現在也會陪在兒子身旁照顧。

房間的溫度不能太低，但如果因為太熱而睡不著，會消耗多餘的體力，所以目前讓忠廣靜靜地躺在開了適度冷氣的房間內睡覺。

上村看了書桌上的時鐘，目前是下午兩點多。離交稿時間還有三個小時。如果是平時，按時交稿並不是一件難事，但在這個像蒸籠一樣的房間保持專注力簡直比登天還難，而且今天窗外傳來的噪音也特別大。

他把毛巾掛在脖子上，雙手放在鍵盤上正準備打字時。玄關的門鈴響了。上村一臉不耐地站了起來，從碗櫃的抽屜裡拿出皮夾。因為他覺得八成是有人上門來收錢。

沒想到打開門後，發現是住在附近的竹田幸惠，幸惠是忠廣班上同學竹田亮太的母親。

「嗨，有什麼事嗎？」上村以為她上門來通知家長會的事，所以問道。

「還問我有什麼事，忠廣不是又感冒了嗎？」

「喔，」上村點了點頭，「反正是老毛病了。」

「你還真不當一回事，你有好好照顧他嗎？該不會因為工作忙，都丟著他不管吧？」

「沒有丟著他不管，只是讓他好好睡覺。」

「你讓開一下。」幸惠脫下拖鞋，拎著超市的袋子走進了屋子，「怎麼回事？為什麼這麼熱？你沒開冷氣嗎？」

「冷氣壞了，但忠廣的房間沒問題。」

幸惠沒有聽上村說完，就打開了和室的拉門。

「忠廣，你沒事吧？有沒有哪裡不舒服？」和室內傳來幸惠問話的聲音。忠廣似乎醒了。

上村也走進和室，冷氣吹出來的涼風很舒服。他鬆了一口氣，看向房間深處，忠廣正躺在被子裡。

「你還好嗎？」他問兒子。

忠廣輕輕點頭，氣色似乎比昨天稍微好了一些。

「你肚子餓不餓？要不要阿姨做點東西給你吃？」幸惠在被褥旁坐下來問道。

「我口渴。」忠廣說。

「那我削蘋果給你吃，阿姨買了蘋果。」說完，她正準備站起來，順手拿起放在被子旁的素描簿問：「咦？這是什麼？」

上村為了避免整天生病在家的忠廣感到無聊，所以買了素描簿給他，床邊也隨時放著色鉛筆。

幸惠看的那一頁上畫了像是灰色牆壁的東西，中央有一個紅色四方形的東西。忠廣很會畫畫，但看不出這幅畫是在畫什麼。

「這是什麼？」幸惠又問了一次。

忠廣搖了搖頭後回答：「我不知道。」

「啊？為什麼？這不是你畫的嗎？」

「是我畫的啊，但我不知道是什麼。」

「咦？這是怎麼回事？」幸惠又問了一次之後，回頭看著上村。

「我剛才在睡覺，覺得身體好像突然輕飄飄的。」忠廣看了看上村，又看了看幸惠的臉繼續說了下去，「我一看窗外，就看到了這個，好像自己爬到了很高的地方。」

「你說什麼？」

上村從幸惠手上搶過素描薄，凝視著上面的畫，然後看向窗外。

這個房間位在公寓的二樓，窗戶外是食品工廠魚板形狀的大門。

2

草薙得知發現屍體的消息，並不想趕去現場，其他的刑警同事應該也都有同感，每個人都露出兇手也太不近人情的表情。

命案現場位在杉並區內一棟六層樓公寓的其中一個房間，那是一棟單身租賃公寓，除了最頂樓有兩房一廳的房間以外，其他都是套房或是一房一廳的格局。發現屍體的五〇三室一進門就是一條狹窄的走廊，再往裡面走是飯廳兼廚房，和一間西式的房間。

屍體倒在狹窄的走廊上，穿著黑色T恤和棉質迷你裙，臉上並沒有化妝。屍體趴在地上，頭朝向玄關的方向。其中一名偵查人員見狀後說，是不是死者抓住準備離開的男人不放而遭到殺害。雖然這稱不上是推理，但聽了這種說法後，草薙也覺得很像是這種狀況。

很快就確認了死者的身分。因為房間內的皮包內有駕照，死者似乎就是照片上的那個人。死者名叫長塚多惠子，也立刻確認了她就是這個房間的住戶。根據她的生日發現，她上個月剛滿二十八歲。

最先發現異狀的是住在隔壁的粉領族，她幾乎每天都會經過五〇三室門前，昨晚回家時，聞到了噁心的臭味。但她知道住在五〇三室的住戶是女生，以為只是暫時性的問題，於是就直接回到自己房間。沒想到隔天早晨，也就是今天早晨，發現臭味越來越強烈。於是她就在去公司的路上，用手機打電話到公寓管理公司說明了情況，因為這棟公寓並沒有常駐的管理員。

管理公司接到電話後，下午派員前往處理。那名工作人員去公寓之前，打電話到五〇三室，但長塚多惠子似乎不在家，電話轉接到答錄機。

工作人員猜想可能是出門旅行等長時間不在家，導致廚餘在家腐爛發臭。夏季經常發生這種事。於是他根據以往的經驗，帶了備用鑰匙、垃圾袋和口罩前往。

但最後備用鑰匙和垃圾袋都沒有派上用場。因為五〇三室的門並沒有鎖，而且發出腐臭味的並不是廚餘。

他戴上口罩後才開門是正確的決定。如果沒有戴上口罩，應該會當場吐出來，對之後的偵查工作造成影響。工作人員走到逃生梯後，才把胃裡的東西吐出來。

因為現場是這種狀況，所以對已經看慣屍體的搜查一課刑警來說，勘驗工作也成為莫大的痛苦。草薙一直在後方的房間內勘驗，盡可能避免靠近屍體，但仍然一直聞到腐臭味，不時感到反胃。

屍體的脖子上留下了扼殺的痕跡。除此以外，並沒有明顯的外傷，在調查之後也沒有發現現場有任何打鬥的痕跡。

「果然是男人。」一個戴上白手套，在翻動房間內垃圾桶的刑警說，「男人來這裡提出分手，但女人不想分手，哭著哀求對方，你不要走。男人對這樣的女人感到厭煩。因為男人有老婆，而且也有孩子。對男人來說，當初就是從玩玩開始的偷腥，女人的哀求只會讓他感到困擾，於是就說，妳別再囉嗦了，我和妳之間已經結束了。於是女人也惱羞成怒地說，那你就回去那個老巫婆身邊，但我希望你敢做敢當，我會把我的事全都說出去，告訴你老婆，還要告訴你公司的人。於是男人著急起來。喂，妳別衝動，千萬別這麼做。女人說，我才不管你，我說到做到，女人的歇斯底里已經到達極點，說話時也尖聲大叫，好像隨時都會打電話。於是男人火冒三丈，伸手掐住了女人的脖子，八成就是這樣的情節。」

比草薙年長一歲，姓弓削的刑警向來喜歡一口氣說出他想到的事，其他刑警也都很期待他的即興發揮，就連向來討厭廢話的上司間宮，也苦笑著聽他說話。

而且，他說的話並非完全沒有意義，當單身女子遭到殺害時，在偵辦時都會最先調查異性關係。草薙也正在檢查書信，瞭解被害女子生活中是否有特定的男性。

草薙的手停了下來，因為他在信袋中發現一張名片。那是保險公司外務員的名片，那個人名叫栗田信彥，但吸引草薙目光的是在名片空白處寫著「我二十二日再來拜訪妳」這幾個字。

「股長。」他找來間宮，把名片遞給間宮。

矮胖身材的間宮用粗短的手指接過名片。

「原來是保險公司的外務員，二十二日……喔。」

「死者應該就是二十二日左右死的。」草薙說。今天是二十五日。

「看來需要向他瞭解一下情況。」間宮說完，把名片交還給草薙。

草薙在發現屍體的第二天傍晚，才和弓削一起去栗田信彥的公司。之所以沒有立刻去找他是有原因的，因為在之後的調查中發現，栗田在名片上寫的二十二日這個日期具有重要的意義。

首先，遭到殺害的長塚多惠子在二十二日上午，和住在附近的妹妹約在咖啡店見了面，商量送什麼禮物給最近即將退休的父親。她妹妹流著淚說，姊姊雖然說又要破費了，但還是感到很高興。

當時，姊妹兩人吃了水果餡蜜。妹妹斷言說，因為那是她們姊妹愛吃的食物，所以絕對不會錯。

在驗屍時，在長塚多惠子的胃中發現了餡蜜中的紅豆等食物，根據食物的消化狀態，判斷她在和妹妹分手的下午一點左右之後的三個小時內遇害。也就是說，目前推算犯案時間是在下午一點到四點左右。
長塚多惠子和妹妹在咖啡店分手前說：「等一下有人要來找我。」所以會不會就是栗田信彥？
長塚多惠子公司的同事也說了一件意味深長的事。多惠子和栗田信彥是在上司安排相親後認識的，但多惠子並不喜歡栗田信彥，所以相親也就沒有了下文。只不過因為這樣的緣分，多惠子加入了栗田公司的保險，栗田似乎也提供了不少優惠。
那個同事猜想，也許栗田對多惠子不死心，想方設法繼續和多惠子產生交集。
栗田任職的營業所位在九段下車站旁，走進營業所，就是一個櫃檯，年輕的女職員滿臉笑容地向他們打招呼。弓削沒有說自己是警察，只說想向栗田先生請教一些事。那名女職員完全沒有起疑心，說了聲：「請稍候」，就走去後方。
不一會兒，一個身穿合身西裝的矮個子男人堆著業務員特有的親切笑容走了出來。他的頭髮三七分，眉毛也修過。草薙看到他光滑的皮膚，忍不住聯想到剛泡完澡的樣子。
「呃，我就是栗田。」栗田輪流看著草薙他們說，草薙發現他露出了在掂客人份量的眼神。雖然栗田面帶笑容，但明顯帶著警戒。
弓削面帶笑容，站在那裡把頭探進櫃檯內。「我們是警察，有幾個問題想請教一下。」

栗田可能很膽小怕事，一聽到這句話，立刻臉色發白。

他們離開營業所，走進了附近的咖啡店。弓削向他說明了命案的事，栗田的身體抖了一下。他說完全不知道這件事，想要瞭解詳情。他的眼睛充血，草薙覺得如果是演技，就太了不起了。

「請問你最後一次見到長塚小姐是什麼時候？」弓削問。

「呃，我看看……」栗田拿出記事本，翻記事本的手微微顫抖。「二十一日，星期五傍晚，因為請她辦理汽車保險的更新手續。」

「長塚小姐星期五不是要上班嗎？」

「不，她跟我說，那天她休假。」

栗田所言不假。長塚多惠子任職的化妝品公司在七月二十日海洋節那一天上班，改成二十一日休息，所以星期五、六、日就是連休三天。不過當然不可能因為栗田知道這件事，就完全相信他。

「真的是二十一日嗎？不是二十二日？」弓削再度向他確認。

「是二十一日，絕對沒錯。」栗田看著記事本說。

「可不可以借我看一下？」

「喔，好啊。」栗田把記事本交給了弓削。

草薙在一旁探頭看著記事本，發現原本在七月二十二日的欄內寫了長塚多惠子的名字，後來又改到二十一日。草薙問了這件事，栗田不慌不忙地說：

「原本打算二十二日去找她……其實最早和她約了十五日見面，我在十五日也去找了她，但她不在，所以我就在信箱裡留下名片，在名片上寫著二十二日再去找她。後來接到她的電話，說希望二十一日見面。」

這些話也完全沒有矛盾，但預料到警察會找上門，事先準備合理的故事並不是一件困難的事。

「看你的行程表，二十二日白天並沒有任何安排，請問你去了哪裡？」

「二十二日嗎……？」栗口捂著嘴想了一下說：「那天我去了狛江。」

「狛江？」

「對，因為……」栗田拚命搓著臉，「因為前一天喝多了，身體不太舒服，我在上午去拜訪客戶後，就順便把車子停在多摩川附近休息。」

「休息了多久？」弓削問，「請問是幾點到幾點？」

「嗯，應該是中午過後到三點左右，可不可以請你們不要把這件事告訴公司？」

「好，那當然。」弓削說完，瞥了草薙一眼，臉上的表情似乎在說：「太可疑了。」

「你是開公司的車子嗎？」草薙問。

「不，是我自己的車子。」

「可以請你把車子的廠牌和顏色告訴我們嗎？」

「是紅色的Mini Cooper……」

「是喔，好時尚的車子。等一下可以讓我們看一下嗎？」

「那倒沒問題……」栗田回答，眼珠子不安地轉動著。

隔天，就要求栗田主動到案說明，因為現場附近的民眾提供了重要的證詞。

那位民眾住在長塚多惠子入住公寓的斜對面，開了一家大阪燒餐廳。她平時就對那棟公寓的訪客經常把車停在餐廳附近的路旁感到很不滿，但發現二十一日和二十二日連續兩天，都有同一輛車子停在那裡，她原本打算等車主出現時，要好好數落一下，沒想到車子在她接待客人時開走了。

在問及那是什麼車子時，今年四十八歲的女人很有自信地說：

「我不知道那是什麼車子，但反正是一輛小車，外形像是古董車。」

偵查員出示了各種車子的照片，她毫不猶豫地挑選了Mini Cooper，還斬釘截鐵地說：「是紅色的車子。」

於是搜查總部對栗田展開了嚴格的偵訊。幾乎所有的偵查員都認定他就是兇手，猜想他在多次回答問題後，一定會露出破綻。

但是，栗田否認犯案，雖然面對刑警的攻擊快哭出來了，但仍然持續否認，而且堅持之前對草薙和弓削說過的不在場證明。

草薙等人只好去狛江查訪。因為如果栗田果真把車停在河岸旁休息，一定會有目擊者，一旦出現目擊證人，就必須重新檢視這起命案。

「八成是白費力氣。」弓削和其他人都這麼認為。

這位前輩刑警的判斷非常正確，雖然偵查員花了整整兩天，在栗田說停車地點附近查訪，沒有人遇到說曾經看到那輛車的證人，那個地點的河對岸是一家食品工廠，剛好位在死角的位置。

栗田果然在說謊，他就是兇手。搜查總部內再度出現了這種氣氛——

就在這時，搜查總部所在的杉並分局接到了一封信，寄信人是一名住在狛江的男子。

信中所寫的驚人內容讓搜查總部陷入混亂。

3

湯川學把洗碗精的液體倒在看起來像是從學生食堂偷來的塑膠托盤上，然後把吸管前端放進液體中，輕輕一吹，吹出了半球體的肥皂泡。

接著，湯川又從白袍口袋裡不知道拿出什麼東西，形狀看起來像是幾枚圓形金屬硬幣疊在一起。

「這是釹磁鐵。」湯川說完，把磁鐵靠近肥皂泡。

肥皂泡在托盤上滑動，靠近磁鐵。當湯川移動磁鐵時，肥皂泡也跟著移動起來。

「喔！」草薙忍不住叫了一聲，「這是怎麼回事？不是金屬，竟然可以被磁鐵吸起來。」

「你認為是怎麼回事？」湯川把磁鐵放回口袋後說。這位物理學家每次都要作弄一下對理工一竅不通的好朋友。

「八成是洗碗精有什麼玄機，像是加了金屬粉之類的。」

「如果加了金屬粉，應該就無法形成肥皂泡了。」

「那你加了什麼？有什麼藥劑可以被磁鐵吸起來嗎？」

「沒有加任何東西，就是普通的洗碗精。」

「普通的洗碗精會被磁鐵吸起來嗎？」

「理論上不可能，但目前的情況不一樣。」湯川說話時，走向流理台，從洗碗架上拿了兩個馬克杯。草薙想到又要喝即溶咖啡，就忍不住有點沮喪。

「那是怎麼回事？你不要故弄玄虛，趕快告訴我。」

「被磁鐵吸引的，」湯川把咖啡粉倒進馬克杯後轉頭說，「不是洗碗精，而是裡面的空氣。」

「空氣？」

「正確地說，是空氣中的氧氣。氧氣具有比較強的常磁性。常磁性就是可以被磁鐵吸起來的性質。」

「是喔……」草薙看著托盤中仍然沒有破的肥皂泡。

「人類的成見很棘手，明明知道肥皂泡裡有空氣，但因為肉眼無法看到，就會忘記空氣的存在，希望在人生中，不會像這樣錯失很多東西。」湯川將電熱水瓶裡的熱水加進馬克杯後，輕輕攪動，遞了一個馬克杯給草薙。

「你想要說，我的人生錯失了很多東西嗎？」

「這也很有人情味，也不錯啊。」湯川一臉陶醉地喝著即溶咖啡，「然後呢？後續的發展怎麼樣？」

「我剛才說到哪裡？」
「說到靈魂出竅，搜查總部收到一封信，上面寫了他兒子靈魂出竅。」
「對，沒錯。」草薙也喝了一口咖啡。
寄信的人名叫上村宏。他在那封信的一開始說，關於杉並發生的那起殺人命案，他有重要的事告訴警方，所以提筆寫了這封信。雖然他在信中用了「提筆」這兩個字，但其實那封信是用電腦打字。
上村強調自己和那起事件毫無關係，但自己的兒子可能是重要證人，是關於這幾天偵查員四處查訪的那輛紅色車子的事。
簡單地說，他的兒子忠廣在七月二十二日下午，似乎在附近的河岸旁看到一輛紅色Mini Cooper。信上甚至清楚寫了下午兩點左右這個詳細的時間。
光看這段內容，的確認為是很有參考價值，偵查員很想立刻當面去向他瞭解情況，但事情並不是這麼簡單。
因為那封信還有但書。
但是，我兒子並不是用普通的方法看到。當他發燒躺在床上時靈魂出竅，似乎看到了離家有一小段距離的河岸旁的情況——

當一名偵查員朗讀到這段內容時，在總部的所有人都露出了納悶的表情，接著發出了驚叫聲，隨後忍不住笑了起來，但這些情緒很快變成了憤怒。認真聽了半天，沒想到最後竟然是惡作劇。

信上寫了令人無法無視的內容。那名少年在靈魂出竅後畫的圖上，明確畫了一輛紅色Mini Cooper。信中附上了一張那幅畫的拍立得照片。

「因為信上留了電話，所以我就打了電話。我以為可能是一個腦筋有問題的男人，但在電話中交談後，我認為那個姓上村的男人很正常。他一開口就說，他很認真寫那封信，但很擔心被誤會是惡作劇，所以接到我的電話很高興。他的用字遣詞很客氣，給我印象還不壞。」

「你們在電話中聊了什麼？」

「首先確認了信上寫的內容，因為我想確認他寫那封信是不是認真的，上村發誓信中的內容千真萬確，而且他請我相信他，說話的語氣聽起來很逼真。」

「如果可以憑逼真決定一切，你們的工作應該可以輕鬆許多吧。」湯川立刻挖苦道，嘴角帶著意味深長的笑容。

草薙忍不住有點生氣。

「我當然沒有因為這樣就相信他，我只是在陳述有關上村的情況。」

「『聽起來很有這麼一回事』，或是『感覺是真的』這種資訊根本無法發揮任何作用，」湯川拿著馬克杯，在椅子上坐了下來，「現在需要的是證據，有什麼證據可以證明少年在那一天靈魂出竅了嗎？」

「聽你的語氣，似乎認定不可能有這種證據。」

「科學家無論在任何時候都不會妄下結論。如果有證據，就說來聽聽。我有言在先，光是這幅畫無法成為證據，也許從別人口中得知你們在四處查訪，然後才畫了這幅畫。」

「哼。」草薙哼了一聲，坐在附近的桌子上。

「我就知道你會這麼說。」

「喔？」湯川抬頭看著草薙的臉，「所以你有更具說服力的證據嗎？」

「是啊。」草薙說。

「他兒子靈魂出竅的那一天，上村曾經給認識的雜誌編輯看了那幅畫，問雜誌是否可以報導這件事。我忘了說，上村的職業是自由撰稿人。」

「靈魂出竅的日子是七月二十二日嗎？」

「沒錯。就是長塚多惠子在杉並被人殺害的那一天，上村那時候當然還不知道命案的事，當時也無法預測到那幅畫具有重要的意義。」

草薙看到多年好友戴著黑框眼鏡後方的眼睛微微一亮，似乎終於對這件事產生了興趣。

「怎麼樣？」草薙問，「這應該是如假包換的證據吧？」

湯川沒有回答，花了很長時間喝著馬克杯中並不好喝的咖啡，一直看著窗外。

你去請教一下伽利略老師，股長間宮對草薙這麼說。草薙所屬小組內的人都知道，草薙有一個好朋友是物理學副教授，之前遇到匪夷所思的案子時，他每次都提供了寶貴的意見。

目前搜查總部不知道該如何處理上村的那封信，他在信中提供的線索極其重要，問題在於獲得這個線索的方法大有問題，無法做為正式的偵查線索，但也沒有人斷定可以徹底無視。

上村的自由撰稿人身分也是一件頭痛的事。警方並不希望媒體知道這件事。

「根據一個叫琳恩．皮克內特所寫的書，」湯川把馬克杯放在桌上說了起來，「每十個人還是二十個人中，就有一個人有靈魂出竅的經驗，我記得那本書上用了『靈魂離體』的字眼。有這種經驗的人會覺得身體懸在半空，可以聽到別人說話的聲音，或是看到完全沒去過的遠方的情景。尤其關於情景的部分，在事後調查後發現，大部分情況是連細節都完全一致。聽說這稱為隔空透視。有兩名英國學者做了隔空透視的實驗，得出了某種形式的意識可以離開肉體，前往他處的結論。」

湯川說到這裡，看著草薙露齒一笑，「那名少年可能也屬於這種情況。如果是這樣，就代表靈魂離體或是隔空透視可以協助警方辦案。」

「連你也說這種話嗎？」草薙皺起眉頭，「開什麼玩笑，照目前的情況，我根本沒辦法寫報告。」

「你就照實寫啊，我認為可以成為一份前所未有的嶄新報告。」

「你說得倒輕鬆。」草薙抓著頭。

湯川輕聲笑了起來。

「你別這麼生氣。我之所以提到那本書，是想要告訴你，並不是只有他一個人談論這種不可思議的事，不要被特殊性迷惑，只要將焦點鎖定在客觀事實上，就可以看到不同的解答。」

「你到底想說什麼？」

「我聽了你說的情況，目前想到兩個可能性，當然，前提是這個叫上村的人和他的兒子都沒有說謊，」湯川豎起兩根手指，「第一種可能，就是純屬巧合，那個少年做了感覺像是靈魂出竅的夢，在睡醒之後，畫了那幅畫，結果剛好和命案嫌犯的供詞一致。」

「我們課長也這麼說。」

物理學年輕副教授聽了草薙的話，滿意地點了點頭。

「我記得之前也曾經說話，你們課長的思考富有邏輯性。」

「我覺得他只是頑固而已，另一種可能呢？」

「就是少年的錯覺。」湯川說，「少年曾經親眼看到那輛Mini Cooper，當然是在醒著的時候看到，只不過當時並沒有留下深刻印象，甚至忘了曾經看過這件事。在因為發燒而意識朦朧時，突然想起了當時的情景，所以對看到的時間和狀況產生了錯覺。」

「他以為睡覺時，靈魂離開了身體，看到了這些景象嗎？」

「就是這麼一回事。」湯川點了點頭。

草薙抱著雙臂，低吟了一聲。他認為有可能會產生這樣的錯覺。

「只不過夢境的內容剛好和嫌犯供詞一致的可能性很低，因為就連車頂是白色和引擎蓋上有白線這兩點也完全一致，在Rover Mini中，只有Mini Cooper具備這種特徵。」

「少年可能是汽車迷。」

草薙聽了湯川的話，搖了搖頭。

「聽上村說，少年完全不懂車子。」

「是喔……」

「所以問題在於第二個可能性，如果少年產生了這樣的錯覺，那他到底什麼時候看到那輛Mini Cooper，因為這就和我們辦案有關係了。」

「我相信調查這件事並不至於太困難。」湯川說，「只要把少年的那幅畫和實際地形比較一下，就可以推測出少年從哪裡看到那輛Mini Cooper，接下來只要查出少年什麼時候去過那裡就解決了。」

「有道理。」草薙也點頭表示同意。

「那就請你加油，如果有進一步消息，你願意通知一聲，我會感恩不盡。」

「咦？你不和我一起去調查嗎？」

「如果只是調查我剛才所說的事，你一個人就足夠了。」湯川皺起眉頭。

「你剛才也說，前提是上村和他兒子沒有說謊，也就是說，目前仍然無法排除他們說謊的可能性，所以我打算去現場時，順便去見見上村父子。只不過，」草薙站了起來，把手搭在學者的肩上，「你認為我這個對理工一竅不通的人，有辦法識破他們有沒有說謊嗎？」

湯川聽了他的話，露出無力的表情。

「我做夢也沒想到，你竟然可以為這件事這麼囂張。」

湯川拿著馬克杯站了起來。

4

栗田信彥主張他七月二十二日下午所在的地方，位在從狛江往多摩川的位置。堤防整修後，車子可以靠近其中一部分河岸。他說自己把Mini Cooper停在那裡休息。

「因為那個姓栗田的人蹺班，所以必須把車子盡可能停在別人看不到的位置，沒想到反而對自己不利。」湯川站在目前空蕩蕩的河岸時說。

「栗田說的未必是實話。」草薙反駁說。

「但如果是說謊，也未免太巧妙了，因為真的有這個地方。」

「也許栗田之前曾經多次在這裡睡午覺，所以在問他的不在場證明時，就立刻想到這裡。」

「有道理。」湯川點了點頭，打量著草薙的臉，「你說得對，你現在說話都很有邏輯。」

「你別把我當傻瓜，這是刑警的常識。」

「那真是失敬啊。對了，那棟房子是什麼地方？」湯川指著河對岸的一棟黑色建築物問道。

「那個是……呃……」草薙打開放大的地圖，「是食品公司的工廠。」

「如果要目擊停在這裡的車子，從那個工廠應該是最佳角度。」
「是啊。咦……」正在看地圖的草薙發現了一件事。
「怎麼了？」
「我在找上村宏住的公寓，好像就在那家工廠的對面。」
「對面？」湯川抬頭看著工廠，「所以從公寓的窗口，應該不可能看到這裡。」
「我們去看看再說。」草薙說。
按了玄關的門鈴，立刻聽到屋內有人跑過來的聲音。不一會兒，門鎖打開，男人黝黑的臉探了出來。
「呃，你是剛才打電話來的……」
「我是草薙。」草薙說完，微微欠了欠身。
「喔，你好，我是上村。我正在等你。」男人露出燦爛的笑容，草薙發現這是他當刑警以來，第一次如此受歡迎。
「你來得正好，今天上午，電器行的人來過了，把冷氣修好了。冷氣壞了之後，我根本沒辦法工作。來，請進，請進。」
上村請草薙和湯川進了屋。他可能剛才急忙打掃了一下，所以餐桌上很乾淨。草薙和湯川在椅子上坐了下來，上村從冰箱裡拿出麥茶。

「你不必忙了。」草薙對他說。

「因為家裡沒有女人，所以很髒亂，對不起，而且我才剛趕完稿，沒時間整理家裡。」上村用熟練的動作把裝了麥茶的杯子放在他們面前。

「你太太呢？」

「我現在沒太太，離婚已經三年了。」上村一派輕鬆地回答。草薙不經意地巡視室內，發現完全沒有任何裝飾品，櫥櫃也都重視功能性。看著旁邊放著鐵製的櫃子，感覺不像是飯廳，更像是工作室。碗櫃裡的餐具也很少。

上村打開了隔壁房間的紙拉門，對著房間內說：「刑警先生來了，你也過來一下。」

隨著一陣窸窸窣窣的聲音，一個穿短褲的少年走了出來。他很瘦，氣色也不太好，少年看著草薙和湯川打招呼說：「叔叔好。」

上村介紹說，他的名字叫忠廣。

「可不可以給我們看一下那幅畫？」草薙問。

「喔，好啊好啊。」上村走進另一個房間，拿了一本素描簿走了出來，然後放在草薙他們面前，「就是這個。」

「我看一下。」湯川拿起素描簿。

草薙在一旁探頭看著，發現就是照片中的那幅畫。灰色的背景中，前方畫著淺色的車道和紅色的車。掀背車型，車頂是白色，輪胎很小，的確像是Mini Cooper。

「雖然不能說不像堤防附近的景色，但光靠這張圖，無法斷定就是那裡。」湯川小聲地說：「就只是畫了一輛紅色車子而已。」

「我兒子畫的就是那裡。」上村有點不悅地說。

「看來有必要向當事人確認一下。」湯川對草薙說。草薙想起這個傢伙討厭和小孩說話這件事。

草薙問低頭坐在那裡的忠廣：「你畫的是哪裡？」少年低著頭，不知道說了什麼，但聲音太小聲，草薙沒聽到。

「大聲說，說得清楚點。」上村斥責道。

「河的……對面。」少年說。

「河對面嗎？沒錯嗎？」

草薙問，少年輕輕點了點頭。

「所以……如果從這個房間看出去，是哪個方位？」草薙在房間內張望。

「應該是那裡。」湯川指向和室的方向。

「沒錯，請你們過來一下。」上村站了起來。

和室也完全沒有任何擺設的簡單房間，只有電視和組合傢俱而已，窗邊放了一床被子。

上村打開了窗戶，立刻看到那家食品公司的工廠，所以看不到任何風景。

「我相信兩位已經知道，工廠的後方就是那條河。」上村說，「我兒子說，他看到了那條河對岸的風景。我相信你們在調查二十二日那一天，是否有Mini Cooper停在那個位置。」

「你說得對，但從這裡看到那一側的堤防似乎……」

「所以他並不是從這裡看到，因為從這裡根本看不到。我兒子在更高的位置看到那輛車子。」上村說到這裡，看著忠廣說：「你把當時的情況告訴刑警先生。」

忠廣在父親的要求下，小聲說了起來。他首先說，這一陣子因為感冒，所以完全沒有出門，二十二日那一天也是從早上就一直躺在被子裡，接著開始說重點。當他在睡覺時，覺得身體好像飄浮了起來，然後發現自己懸在半空中，可以看到遠處的風景。

「他飄浮到多高的地方？」湯川在草薙耳邊小聲地說，顯然要求草薙問這個問題。

「你飄浮到多高的地方？到天花板嗎？」

「呃……」忠廣有點忸忸怩怩。

「你好好回答。」上村在一旁說，「因為這是事實，你只要實話實說就好，不是從窗戶飛出去了嗎？」

「什麼？從窗戶飛出去？」草薙驚訝地看著少年，「真的嗎？」

「嗯……」忠廣抓了抓肚子說，「身體飄浮起來，然後就飛到窗外了，飛得比後面的工廠還高，所以就看到了河對面。」

「然後呢？」草薙問。

「我覺得太奇怪了，然後身體就開始下降，又回到房間了，然後我發現自己躺在被子上。因為素描簿就放在旁邊，我就把在上面看到的風景畫了下來。」

「時間就是下午兩點左右。」上村插嘴說，「沒錯，那時候住在附近的竹田太太剛好來這裡，我們一起看了這幅畫，你們可以去向她確認。」

草薙點了點頭，看著窗外。這番話無法輕易相信，但少年的確畫了那幅畫。

「要去向工廠確認一下。」湯川看著食品工廠說，「正面不是有一扇大門嗎？在搬大型設備時，這扇門應該會打開，可以去查一下，七月二十二日下午，那扇大門是否曾經打開。」

「如果曾經打開呢？」

「剛才站在堤防那裡時，我確認了一下，發現工廠面向河流的那一側也有一扇大門。也就是說，如果那兩扇大門同時打開，整家工廠就像是隧道一樣，從這裡可以看到那裡的情況。」

「喔，有道理。好，那就馬上去確認一下。」草薙打算寫在記事本上。

「請等一下。」上村用有點強烈的口吻說，「你們該不會以為那時候工廠的大門剛好開著，我兒子誤以為看到的風景是靈魂出竅看到的嗎？」

「不排除這樣的可能性。」

上村聽了湯川的回答，搖了搖頭。

「不可能。你們聽我說，Mini Cooper停的位置比工廠更低，即使工廠的大門敞開著，從這個窗戶也只能看到比堤防更高的位置。如果你們不相信，可以去實際測量一下。」上村說話時動作很大，顯示他內心很焦慮。

「對，必須簡單測量一下。」湯川很乾脆地說。即使對方很情緒化，他也不會受到影響。

上村走去飯廳，把剛才的畫拿了過來。

「你們看一下這幅畫，清楚地畫了車子的白色車頂。既然從這個角度畫出來，不就代表是從高處看下去的嗎？」

湯川看著素描簿陷入了沉默。他的腦袋中應該以驚人的速度，拼湊出可以合理解釋這個現象的幾種假設，草薙也祈禱湯川這麼做。

這時，不知道哪裡傳來了電話鈴聲。上村說了聲：「失陪一下。」走出了房間。

「湯川，怎麼樣？」草薙小聲問他，「你有辦法說明這種情況嗎？」

湯川沒有回答草薙的問題，而是問在角落縮起身體的忠廣：「你以前也有過這種情況嗎？」

討厭小孩的湯川竟然主動對小孩子說話。忠廣輕輕搖了搖頭，然後害怕地跟著父親走了出去。

「對，現在警察也來了，他們似乎很有興趣……好啊，只要有篇幅，我當然可以為你們寫稿，我已經用日記的方式寫下來了。」外面傳來上村說話的聲音，「杉並那裡的情況，就請你們……對，那就拜託了。另外，可不可以請你介紹熟悉這方面的人？像是專門研究超自然現象的人，或是這方面的專家……喔，那很好，那就拜託了……好……好，我知道了。」

上村掛上電話後走了回來，草薙發現他滿臉喜色。

「你要在哪裡寫關於這件事的報導嗎？」草薙問。

「在我平時合作的雜誌上。」上村說，「喔，對了，你們也可以問那本雜誌的編輯，到時候你們就會知道，我在警方調查杉並的命案之前，就給他看了這幅畫。」

「上村先生，可不可以晚一點再報導這件事？」

「喔？為什麼？」

「為什麼……」

「反正警方並不認為我兒子說的內容對偵查工作有幫助，不是嗎？你們來這裡，也只是想確認忠廣產生了錯覺。既然這樣，不管我在哪裡寫什麼內容，都對你們沒有任何影響。還是說，警方對我兒子的話，也和其他證詞同樣重視呢？如果是這樣，我可以考慮一下。」

「不，這我無法決定，必須和上司討論。」

「即使討論也一樣，我已經知道結果了。」上村關上了窗戶，輪流看著草薙和湯川的臉，「你們還有其他問題嗎？如果是在相信我兒子所說的基礎上發問，任何問題都很歡迎，如果認定我們是騙子，那就請你們馬上離開。」雖然他面帶笑容，但眼神充滿挑釁。

「你剛才提到有一位女士，」湯川說，「好像是竹田太太，可以請你告訴我們她的聯絡方式嗎？」

「當然可以告訴你們。她就住在這附近，你們等一下就可以去找她，問再多也沒問題。」上村說完，從旁邊的架子上拿了便條紙和筆，畫了一張粗略的地圖。

「真傷腦筋，他完全把我們當成了敵人。」離開上村家後，草薙皺著眉頭說。

「不必在意，他原本就知道警方不可能認真對待這件事，但仍然決定寫那封信，只是希望讓別人知道，警方也關注這個線索。因為這麼一來，他寫的靈魂出竅報導自然會引起更多注意。」湯川用冷靜的語氣說。

「所以警方被利用了嗎？」

「說白了，就是這麼一回事。」

草薙聽了湯川的回答，走路時也忍不住垂下了腦袋。

「真的有靈魂出竅這種事嗎？」

「不知道，我在蒐集到充分的資訊之前，向來不會輕易下結論。」

「資訊已經很充分了啊，上村父子的住家無法看到Mini Cooper所停的位置，而且上村忠廣完全沒有外出。」

「還必須驗證這些資訊是否正確。」湯川停下了腳步，然後右手大拇指指著側面。他指向食品工廠。工廠周圍是圍牆，但一輛卡車剛好從便門駛出來。

「剛才不是說，即使大門打開，從公寓的窗戶也看不到堤防嗎？」草薙說。

湯川輕輕嘆了一口氣，「所以就不需要檢驗了嗎？」

「好啦，我去查一下就是了。」草薙走向便門。

那裡有一個像是警衛室的地方。草薙在那裡報上自己的身分，說想要見工廠的負責人。已經可以稱為老人的警衛慌慌張張地打了一通電話，然後問他：「請問有什麼事？」

「是偵辦一起事件，」草薙回答，「是一起命案。」

不知道是否「命案」這兩個字發揮了作用，警衛立刻挺起了原本有點駝的背。

他們在警衛室前等了一會兒，一個五十歲左右的胖男人走了過來。他說他姓中上，是這裡的廠長，頭上乳白色的帽緣滲著汗。

草薙問他，七月二十二日時，工廠的大門是否曾經敞開。中上聽到這個問題後，皺著眉頭問：「為什麼要問這個問題？這和命案有什麼關係？」

「因為偵查不公開，所以不方便說。怎麼樣？那天曾經打開嗎？」

中上沒有立刻回答，似乎在揣測刑警問這個問題的真正用意。他想了一下後回答說：「不，沒有打開。」

「真的嗎？」

「對，前門通常都開著，但後門的大門只有在搬運特殊生產機器時才會打開。」中上氣定神閒地回答。

「是嗎？謝謝，打擾了。」草薙也向警衛道了謝，走出了工廠。

走出門外，發現湯川不見了。他沿著圍牆走了一小段路，發現物理學家正在翻垃圾桶。正確地說，那並不是垃圾桶，而是食品工廠的廢棄物堆放處。

「你在幹什麼？」草薙問。

「我發現了有趣的東西。」湯川說著，出示了手上拿的東西。那是球鞋，但不知道被什麼剪斷了，後半部分不見了。

「哪裡有趣？是因為被剪斷了嗎？」

「你看仔細，不是剪斷，也不是扯斷的，這個剖面太有意思了。」湯川撿起地上便利超商的塑膠袋，把壞掉的球鞋裝了進去。

「我們可不是為了你的研究工作來這裡。」草薙說完，邁開了步伐。他們要去見竹田幸惠。

竹田幸惠家開了一家麵包店，店面雖然不大，但走到附近，會情不自禁被剛出爐麵包的香氣吸引進去。幸惠和比她小兩歲的妹妹負責麵包店的製作和銷售，她的丈夫五年前因為車禍喪生了。

「我清楚記得那一天的事，但看到那幅畫的時候並沒有太驚訝。雖然上村先生很激動，但我覺得應該只是忠廣睡迷糊了，因為他平時畫得更好。」

幸惠又接著說了下去。

沒想到隔週，刑警來店裡問了奇怪的問題。問她二十二日那一天，有沒有看到堤防那裡停了一輛紅色的小車，是白色車頂的Mini Cooper。幸惠回答說沒看到，但同時想起了一件事，就是忠廣畫的那幅畫，那幅畫上不是畫了紅色的車子嗎？於是，她把這件事告訴了上村宏。

草薙終於瞭解了事情的來龍去脈。上村一心想要宣傳兒子靈魂出竅的事，認為這是絕佳的機會，就想到可以寫那封信。

「刑警先生，真的有靈魂離開身體這種事嗎？」幸惠說完之後問草薙。

「這個嘛……」草薙不知道該如何回答，看著湯川。湯川似乎沒有在聽他們談話，正打量著放在店裡的麵包。

「雖然不知道是否真的有這種事，但我很不喜歡上村先生好像很熱衷的樣子，我覺得即使因為這種事出名也沒什麼好……」

草薙猜想她應該對上村有好感，而且他們的年紀也很匹配。

「不好意思，我要買這個咖哩麵包。」這時，湯川在一旁插嘴。

5

發現屍體至今已經過了十天，栗田信彥持續否認犯案，偵辦的刑警也因為沒有可以進一步逼他招供的證據而深陷苦惱。

不僅如此，目前還出現了好幾個對栗田有利的間接證據。其中之一，就是在遭到殺害的長塚多惠子家中發現了男人留下的痕跡。

從浴室的排水孔中發現了某個特定男子的毛髮，在房間的地毯、廁所的踏墊上也發現了同一個人的毛髮，更在壁櫥內發現一個裝了拋棄式刮鬍刀、刮鬍霜和保險套的紙袋。

從毛髮判斷出那個男人的血型是A型，但栗田是O型。

雖然並不能因為長塚多惠子有交往中的男人，就減輕對栗田的嫌疑，相反地，栗田很可能因為發現她有男友，惱羞成怒，動手殺人。

然而，刑警對完全無從得知那個男人的身分感到難以釋懷。也就是說，多惠子向親近的人隱瞞了和那個男人之間的關係，而且那個男人明知道女友被殺，仍然因為某種原因而沒有主動出面。

「一定是外遇，對方一定是有家室的男人。」弓削再度這麼嚷嚷，但這次沒有任何人提出異議。

於是警方謹慎而周延地調查了長塚多惠子的交友關係，尤其徹底調查了同公司的男職員，一旦發現可疑對象，就偷偷調查這些人的毛髮，卻始終沒有找到符合在多惠子房間內採集到的毛髮一致的人物。

在偵辦工作陷入瓶頸之際，發生了一件令搜查總部感到不快的事。某本週刊雜誌報導了上村忠廣靈魂出竅的事，不用說，寫那篇報導的當然就是上村宏。

「真傷腦筋啊。」看完週刊內容的間宮忍不住低吟。草薙正在搜查總部所在的杉並分局的會議室內寫報告，「我當警察這麼多年，第一次遇到這種事。」

「許多民眾看了這份週刊之後，一直打電話進來，問警方為什麼不理會少年這麼重要的證詞。」弓削手上拿著自動販賣機買回來的咖啡，笑嘻嘻地指著樓下說。

「真是傷腦筋。」間宮皺著眉頭，「課長又要心情不好了。」

課長正在另一個會議室開會。

這時，一名年輕刑警走了進來，說上村父子正在上節目。弓削打開了一旁的電視開關，上村宏和忠廣正一起上某個談話性節目。

「根據我的調查，在受到外傷時，經常會發生靈魂出竅的情況。」上村宏說，「比方說，像是頭部受到重擊的時候，曾經有過靈魂出竅經驗的人證實，身體好像一下子飄了起來。」

「不是因為頭部受到重擊，腦子被打壞了嗎？」間宮小聲嘀咕。

上村繼續發表意見，「瀕臨死亡的人，幾乎無一例外地有靈魂出竅的經驗。也就是說，為了逃離肉體的痛苦，意識暫時離開身體，忠廣可能是為了逃離高燒造成的痛苦而創造了這次奇蹟。」

「所以，你認為忠廣弟弟的確經歷了靈魂出竅嗎？」主持人問。

「應該說，這是唯一的可能。如果這方面有更進一步的研究，應該就不會發生警方根本不重視這麼重要的證詞這種荒唐的情況。」

上村說話時直視著鏡頭。

弓削苦笑著關了電視，「他還真敢說啊。」

「草薙，伽利略老師怎麼說？有沒有什麼新發現？」間宮問。

「我也不太清楚，雖然我認為他應該會盡力。」

「聽起來很沒把握啊。」間宮抓著頭。

這時，兩名刑警走了進來，兩個人都滿頭大汗。

「辛苦了，有沒有掌握什麼線索？」間宮問。

「是關於Mini Cooper的情況。」其中一名刑警說。

「又是Mini Cooper嗎？」間宮一臉洩氣的表情看著草薙等人，「到底是什麼情況？」

「一名住在長塚多惠子公寓附近的男子說，他看到那輛Mini Cooper停在那裡，但他忘了是二十一日還是二十二日。」

「既然記不清楚，那就沒用啊。」

「但有一件令人在意的事，他說看到一個奇怪的男人探頭向Mini Cooper內張望。雖然是夏天，但那個瘦瘦的中年男人穿著西裝。」

「是喔……」

「從外形判斷，顯然不是栗田。」草薙說，「那會是誰呢？」

「搞不好只是車迷。」弓削表達了意見。

「目擊者說，看起來不像是這種感覺。」在附近查訪的刑警回答，「他說好像在確認車子的主人。」

「可能那個穿西裝的男人有某個朋友也有同樣的車子，因為不可能知道那輛是栗田愛車的人剛好路過那裡。」

其他人聽了弓削的話，都陷入了思考。因為他的意見很正確。

「等一下，」間宮開了口，「如果那個穿西裝的男人並不是剛好路過那裡呢？」

「什麼意思？」弓削問。

「也就是說，那個男人原本打算去長塚多惠子家，但來到附近時，看到一輛熟悉的車子。如果那是栗田信彥的車子，就代表栗田去了多惠子家，自己就不方便再去多惠子家，所以才想確認是誰的車子……」

「等一下，」草薙打斷了間宮，「如果是這樣，就代表那個男人同時認識長塚多惠子和栗田信彥。」

「是啊，有沒有這樣的人呢？」

所有人都默默互看著，這時，弓削小聲嘀咕說：「我記得當初有人介紹他們相親……」

剎那之後，所有人都同時站了起來。

「原來是這樣，所以就逮捕了被害人之前的上司嗎？」湯川聽了草薙的話，點了點頭。

「那個姓吉岡的男人在三年前離職了，他在離職之前就和長塚多惠子外遇。雖然我們想到多惠子可能和有婦之夫在一起，但沒想到是已經離職的人，這是我們的疏失，吉岡和栗田是透過保險認識的。」草薙說完，喝了一口咖啡，每次破案之後，咖啡也變得特別美味。吉岡在刑警追問之下，立刻招供了。

「所以吉岡把自己的情婦介紹給栗田嗎？」

「就是這麼一回事。」

「真誇張啊，」湯川搖了搖頭，「男人和女人之間的關係太匪夷所思了。」

「吉岡想要和多惠子分手，所以才這麼做，但多惠子並不想和他分手。之所以接受相親，應該是為了表示自己的心意不可能因為這種事改變。最近還暗示要把他們之間的事告訴吉岡的太太，所以吉岡很緊張。」

吉岡辭職後，在太太繼承的租賃公司擔任高階主管，一旦被太太知道和多惠子之間的關係，就會失去一切。

吉岡在二十一日那一天去了多惠子的公寓，想要說服她，但看到栗田的Mini Cooper，決定改天再去。於是隔天事先打電話到多惠子家中，然後去她家裡提出分手。

但是，多惠子並不答應，揚言要立刻打電話給他太太。

「接下來的發展就了無新意了。吉岡火冒三丈，回過神時，發現自己掐住多惠子的脖子。因為並不是預謀犯案，所以應該可以相信他的說詞。」

「那二十二日那一天，Mini Cooper也停在路上那件事怎麼解釋？結果並不是栗田的車子吧。」

湯川問道，草薙皺著眉頭說：

「這件事的結果很令人失望，二十一日那一天，的確是栗田的Mini Cooper停在那裡，但二十二日時，是吉岡的車子停在相同的位置。其中沒什麼蹊蹺，只是大阪燒餐廳的老闆娘記錯了。雖然都是紅色的車子，但那是BMW，完全無法理解，為什麼會看成是Mini Cooper……」

「人的記憶就是這樣，人是很容易產生錯覺的動物，所以才會不時出現一些怪力亂神的事。」

「既然你這麼說，上次的問題顯然已經解決了。我今天就是來聽你說明這件事。」草薙伸出食指，指著湯川的臉。

「既然已經破案了，那件事就不重要了吧？」

「那可不行，之後也經常有人來問一些奇怪的問題，造成很大的困擾。搜查一課的人也叫我趕快找伽利略老師解決一下，真是傷腦筋。」

「伽利略？」

「拜託你想想辦法，你應該可以解決吧？」草薙從椅子上站了起來，舉起拳頭。

湯川坐在椅子上，身體用力向後仰。

「你可以幫我查一件事嗎？」他問。

「查一件事？什麼事？」

湯川從白袍口袋裡拿出什麼東西。仔細一看，是他之前撿回來的球鞋碎片。

「我希望你確認一下這個重要樣品的證詞。」

「是喔……」草薙拿在手上，偏著頭納悶。

當天晚上，草薙打電話到湯川家。

「你說得沒錯，在逼問食品公司的廠長後，那天的大門果然敞開著。」

「我猜對了。」湯川說，「所以那天發生了意外。」

「就是這麼一回事。廠長以為我們知道意外的事，覺得瞞不過去了，所以就說了實話。雖然他要求不要張揚，但這怎麼行呢？我打算通知相關部門。」

「那家公司也真倒楣，如果沒有鬧出什麼靈魂出竅的事，意外的事就不會曝光了。」

「關於這個問題，工廠的意外和靈魂出竅到底有什麼關係，我無論怎麼想，還是想不通。」草薙雖然嘴上這麼說，但其實他根本沒想，因為他根本不具備思考這種問題的相關知識。

湯川沉默片刻後說：

「那我就來揭曉謎底，但需要觀眾。」
「觀眾？」
「對，你務必把他們帶來。」湯川說。

6

命案偵破的三天後，草薙坐在計程車的副駕駛座上前往帝都大學，上村父子坐在後車座。
「真的一個小時就可以結束嗎？今天我們要接受雜誌的採訪，四點之前必須到新宿。」上村宏毫不掩飾不悅的態度說。因為草薙突然去他家，硬是把他們父子帶上計程車，他當然會感到不愉快。
「馬上就會結束，因為他說會在我們到之前，就做好相關的準備工作。」
「我不知道到底要做什麼實驗，但任何事都不可能改變我的信念。總之，那天忠廣看到了不可能看到的東西，這是不變的事實。最後不是證明了那起命案原本懷疑的嫌犯是清白的嗎？」
「恕我反駁，因為我們找到了真兇，所以才認為他是清白的，並不是因為證明了他的不在場證明。」

「還不是一樣嗎。既然那個人是清白的，就代表他原本的不在場證明沒有問題，也就是說，那輛紅色的Mini Cooper在那天就停在那裡，忠廣看到了那輛車。那是在家裡絕對不可能看到的地方。」

「等一下就會做實驗，瞭解是不是不可能看到。」

上村宏聽到草薙這麼說，用鼻子冷笑一聲。

「我相信最後你們會下不了台。我有言在先，如果實驗失敗，我也會把這件事寫出來，你們要作好心理準備。」

「好，沒問題。」草薙對著後車座擠了一個笑臉後，轉頭看向前方，但內心忍不住捏了一把冷汗，因為他完全不知道湯川打算做什麼。

計程車抵達大學後，他帶著上村父子走向理工學院的大樓，湯川目前正在物理系第十三研究室。

草薙敲了敲門，聽到裡面有人說：「請進。」草薙打開了門。

「你們來得正好，我剛好做完準備工作。」身穿白袍的湯川站在實驗桌旁說。

「我把他們帶來了。」草薙說完，看到站在流理台旁的人，忍不住大吃一驚，因為那個人竟然是竹田幸惠。

「竹田太太，妳怎麼會在這裡？」上村問。

「湯川老師打電話給我，說希望我來幫忙做實驗。因為我也很好奇，所以就想來幫忙。」她笑得很開心。

「你竟然知道她的電話。」草薙說。

「這並不困難，我買咖哩麵包時的袋子上印了電話號碼。」

「喔……」聽到湯川這麼乾脆的回答，草薙有點洩氣，但立刻想到湯川該不會買咖哩麵包時，就預測到今天的狀況？

「雖然我不知道你們打算做什麼，但請你們動作快一點，因為我們真的很忙。」上村看了看草薙，又看著湯川說。

「不會占用你太多時間，沒錯，一支菸的時間就結束了。你有菸嗎？」湯川問上村。

「我有啊，這裡可以抽菸嗎？」

「平時禁菸，但今天特別通融，但請在這個位置抽菸。」湯川把玻璃菸灰缸放在實驗桌上。

「那我就不客氣了。」上村從上衣口袋裡拿出菸，叼了一根在嘴上，點了火。

「我也可以抽嗎？」草薙也拿出香菸問。

湯川無力地撇著嘴角，但最後輕輕點了點頭。「謝啦。」草薙點了一支菸。

「這是什麼？」上村指著放在實驗桌上的兩個水箱問。那是五十公分左右的立方體水箱，都裝了七分滿的水。

「不要碰，目前裡面的水維持非常微妙的狀態，一旦搖晃，就會破壞平衡。」

草薙原本正想摸水箱裡的水，聽到這句話，立刻把手縮了回來。

「你打算用這些水做什麼嗎？」上村繼續問道。

湯川從白袍口袋裡拿出什麼東西，那是在開會時標示幻燈片重點的雷射筆。

「上村先生，你之前說，即使那家食品工廠的大門全開，因為角度的關係，從你家的窗戶不可能看到堤防的情況，對不對？」湯川向上村確認。

「對，我的確說過。」上村露出挑釁的眼神回答。

「我確認了那裡的地形，即使工廠的大門敞開，也無法用直線連結你家和Mini Cooper所停的位置。通常無法用直線連結，就意味著看不到。因為光是直線前進。」湯川說到這裡，打開了雷射筆的開關，「竹田太太，麻煩妳把這裡的燈關掉。」

「好。」幸惠回答後，關了牆上的開關。窗前的窗簾已經拉了起來，所以室內頓時暗了下來，雷射筆發出的光看起來很直。

難怪湯川剛才同意他們抽菸。草薙心想。因為之前湯川曾經告訴他，因為空氣中有煙，所以更容易看到雷射的光。

「但是，」湯川把雷射光照在上村的胸前，「如果光轉彎了呢？不是就可以看到原本看不到的東西嗎？」

「光轉彎？」上村問了之後，點了點頭，「你是說鏡子嗎？如果有鏡子，也可能會因為反射的關係而看到，但問題是哪裡有鏡子呢？而且是這麼大的鏡子。」

上村說到一半時，湯川就開始搖頭。

「誰說是鏡子？那你就靜靜看實驗吧。好，這兩個水箱中，左側那一個水箱中裝了普通的水，我現在讓雷射光通過水箱裡的水。」湯川說完，把雷射筆緩緩對準左側的水箱。「啊！」忠廣最先發出了叫聲。他個子比較矮，剛好看到水箱側面的位置。

雷射光在水箱的側面微微向上折射後，在水中直線前進。

「對了，我在水裡稍微加了一點牛奶，這樣可以更清楚看到雷射的光。」湯川說。

「光轉彎了。」忠廣看著父親說。

上村用力吐了一口氣。

「結果不是反射，而是折射。自然課時學過，光進入水時會產生折射，但現場哪裡有巨大的水箱？」

「你這個人真的很性急。」湯川不耐煩地說，「目前不必考慮光進入水箱後會產生折射的問題，我想要你們看的是光進入水中之後會直線前進。」

「已經看到了，的確直線前進。」

「接下來，我會讓光通過另一個水箱。」湯川把雷射筆對準了右側的水箱。

「喔喔！」這次是草薙最先發出聲音，忠廣和幸惠也跟著發出了「哇！」的驚叫聲。上村瞪大了眼睛，沒有吭氣。

光進入水箱後沒有直線前進，而是向下方勾勒出緩和的弧度，明顯可以用「轉彎」這兩個字來形容。

「這是怎麼回事？」草薙問。

「水裡當然有玄機。」湯川說，「其實這是糖水，而且上面的濃度較低，下面的濃度逐漸變高，光線從低濃度進入高濃度時會產生折射，而且濃度越高，折射率就越大，所以光向斜下方前進時，彎度也就越大。」

「原來是這麼一回事。」草薙把臉湊到水箱前說，「這是我第一次看到這種現象。」

「也許是你第一次親眼看到，但你應該知道基於相同原理發生的自然現象。」

「啊？是嗎？是什麼？」

「在此之前，」湯川走到牆邊，打開了室內的燈，「你可不可以把那起意外告訴上村先生。」

「喔，好啊。」

「意外？」上村露出驚訝的表情，「什麼意外？」

「那天，你家後方的食品工廠發生了一起意外。」草薙說了起來，「那家工廠為了冷凍食品，使用了大量液態氮，但儲氣槽壞了，當然就造成液態氮外洩，工廠內的一部分地板急速凍結了。」

「這就是當時的樣本。」湯川出示了只剩下半隻的球鞋，「這應該是急速冷凍後，遭到外力撞擊斷裂，在溶化之後，就變成了這樣。」

上村看到斷裂的球鞋，似乎很驚訝。

「原來發生了這種事，但這件事和剛才的實驗有什麼關係？」

這也是草薙想問的問題，他看著湯川。

「因為液態氮外洩，工廠的人應該很緊張，認為必須馬上保持通風，所以就把大門打開了。結果怎麼樣？盛夏的熱空氣進入工廠內，在那個瞬間，工廠內下方是冰冷的氮氣，上方是熱空氣，形成了密度差異很大的兩個氣體層。」湯川指著剛才那個裝了糖水的水箱，「雖然一個是氣體，一個是液體，但當時的工廠就處於和這個水箱內相同的狀況。」

「如果雷射光通過時，就會像剛才一樣彎曲嗎？」

「就是這樣。」湯川向草薙點了點頭。

「那會……怎麼樣？」

「當穿越工廠內看到另一側時，看到的就不是原來位置的情景，而是會看到更下方的情景。以當時的情況，就是看到了照理說絕對不可能看到的堤防。」

「原來有這種事……不，我能理解原理。」草薙小聲嘀咕，雖然他能夠理解，但還是無法順利想像。

「我剛才也說了，你應該知道基於相同原理的自然現象。」湯川說：「就是海市蜃樓。」

「喔。」草薙點了點頭，在一旁聽著他們對話的竹田幸惠也一臉恍然大悟地點著頭。

「不，絕對不是什麼海市蜃樓。」上村的右手用力揮了一下，似乎想要斬斷什麼，「竹田太太，妳不是也看到了嗎？當時工廠的大門關著。」

「我們問了工廠，大門敞開的時間很短暫。」

「不，不是這樣。忠廣，你倒是說清楚啊，你不是懸在空中嗎？然後看到了那裡的情景。」

但是，少年聽了父親的話，並沒有點頭。

「我的身體並沒有飄浮起來，」他哭著說，「只是覺得輕飄飄而已，但爸爸要我說，身體飄浮起來。」

「忠廣！」上村歇斯底里地叫著。

這時，湯川走向忠廣，然後在他面前蹲了下來。

「你老實回答，你是怎樣看到當時的情景？是不是看到工廠的大門敞開，然後看到另一側的情況？」

忠廣想了一下，一臉為難地偏著頭。

「不知道，可能是這樣，因為我那時候昏昏沉沉，所以不太清楚。」

「是嗎？」湯川把手放在少年的頭上，「那就沒辦法了。」

「沒有證據可以證明是海市蜃樓。」上村說，「一切都只是推論而已。」

「沒錯，但也沒有證據證明是他靈魂出竅。」

湯川反駁道，上村無言以對。這時，竹田幸惠開了口。

「上村先生，你就別再演了，我都知道。」

「妳都知道……知道什麼？」

「你在忠廣的畫上動了手腳。我看到週刊雜誌上的畫，嚇了一大跳。因為忠廣原本的畫並沒有那麼清楚，雖然也可以認為是紅色的車子，但根本沒有白色車頂，也沒有輪胎，那都是你之後加上去的吧？」

幸惠說的似乎是事實，上村痛苦地皺著眉頭。

「那……那是為了讓事情更加清楚明瞭。」

「你在說什麼啊，這根本是造假，竟然讓忠廣配合你做這種事……」幸惠瞪著上村。

上村無言以對，咬著嘴唇，隨即下定決心似地拉著忠廣的手說：

「感謝讓我們見識了有趣的實驗，既然沒有任何決定性的證據，那我就視為參考意見，我們還有事，那就先告辭了。」

「上村先生……」

幸惠叫了一聲，但上村不理會她，帶著兒子離開了。

剩下的三個人默默地聽著他們離去的腳步聲。

「妳不去追他們嗎？」草薙問幸惠。

「但是……」

「妳去追他們比較好，」湯川說，「為了那個孩子。」

幸惠驚訝地抬起頭，然後向他們鞠了一躬，快步走了出去。

草薙和湯川互看了一眼，重重地吐了一口氣。
「你不是可以和小孩子正常說話嗎？」草薙說。
湯川挽起了白袍的袖子，他的手腕上出現了紅色的斑點。
「那是什麼？」草薙問。
「蕁麻疹。」湯川回答。
「啊？」
「真不該做自己不習慣的事。」湯川拉開了窗簾。

謎人俱樂部

歡迎加入**謎人俱樂部**！為了感謝您對皇冠出版的推理、驚悚小說的支持，我們特別規劃推出讀者回饋活動，您只要按照規定數量蒐集每本書書封後摺口上的印花（影印無效），貼在書內所附的專用兌換回函卡上，並詳填個人資料後寄回，便可免費兌換謎人俱樂部的專屬贈品！詳細辦法請參見【謎人俱樂部】活動官網。

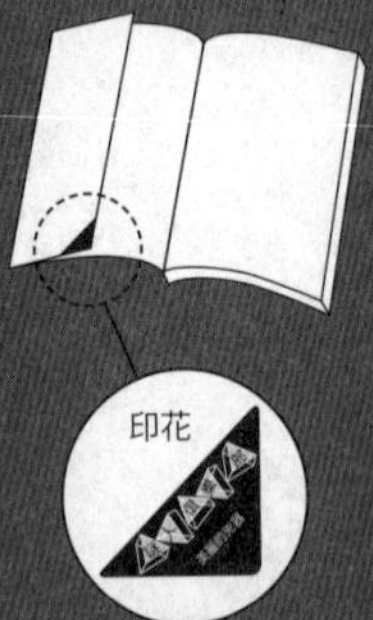

【謎人俱樂部】臉書粉絲團
www.facebook.com/mimibearclub

☐集滿4個印花贈品（二款任選其一）：

A：【推理謎】LOGO皮質燙銀典藏書套一個
（黑色，25開本適用，限量1000個）

B：【推理謎】吉祥物『獨角獸』圖案皮質燙金典藏書套一個
（咖啡色，25開本適用，限量1000個）

☐集滿8個印花贈品（二款任選其一）：

C：【推理謎】LOGO皮質燙金證件名片夾一個
（紅色，11.5cm x 8.6cm，限量500個）

D：【推理謎】吉祥物『獨角獸』圖案環保購物袋一個
（米色，不織布材質，41.5cm x 38.6cm，限量1000個）

☐集滿12個印花贈品（二款任選其一）：

E：【推理謎】LOGO不鏽鋼繩鑰匙圈一個
（限量500個）

F：【推理謎】吉祥物『獨角獸』圖案馬克杯一個
（白色，320cc容量，限量500個）

謎人俱樂部會不定期推出最新限量贈品提供兌換，請密切注意活動官網和粉絲專頁。

?

【注意事項】
◎本活動僅限台灣地區讀者參加。
◎贈品兌換期限自即日起至2024年12月31日止（以郵戳為憑）。
◎贈品圖片僅供參考，所有贈品應以實物為準。
◎所有贈品數量有限，送完為止。如讀者欲兌換的贈品已送完，皇冠文化集團有權直接改換其他贈品，不另徵求同意和通知。贈品存量將定期在【謎人俱樂部】活動官網上公佈，請讀者在兌換前先行查閱或直接致電：（02）27168888分機114、303讀者服務部確認。
◎皇冠文化集團保留修改或取消謎人俱樂部活動辦法的權利。辦法如有更動，將隨時在【謎人俱樂部】活動官網上公佈。

國家圖書館出版品預行編目資料

偵探伽利略 / 東野圭吾 著；王蘊潔 譯. -- 初版. --
臺北市：皇冠, 2019. 08
面; 公分. --(皇冠叢書; 第4777種)（東野圭吾作品集；33)
譯自：探偵ガリレオ
ISBN 978-957-33-3455-2（平裝）

861.57　　108009376

皇冠叢書第4777種
東野圭吾作品集33

偵探伽利略

探偵ガリレオ

作　　者—東野圭吾
譯　　者—王蘊潔
發 行 人—平雲
出版發行—皇冠文化出版有限公司
台北市敦化北路120巷50號
電話◎02-27168888
郵撥帳號◎15261516號
皇冠出版社(香港)有限公司
香港銅鑼灣道180號百樂商業中心
19字樓1903室
電話◎2529-1778　傳真◎2527-0904
總 編 輯—許婷婷
責任編輯—平　靜
美術設計—王瓊瑤
著作完成日期—1998年
初版一刷日期—2019年8月
初版五刷日期—2023年2月
法律顧問—王惠光律師

讀者服務傳真專線◎02-27150507
電腦編號◎527030
ISBN◎978-957-33-3455-2
Printed in Taiwan
本書定價◎新台幣320元/港幣107元

我要選擇以下贈品（須符合印花數量）：☐A ☐B ☐C ☐D ☐E ☐F

1	2	3	4
5	6	7	8
9	10	11	12

【個人資料蒐集、利用及處理同意條款】

您所填寫的個人資料，依個人資料保護法之規定，皇冠文化集團將對您的個人資料予以保密，並採取必要之安全措施以免資料外洩。您對於您的個人資料可隨時查詢、補充、更正，並得要求將您的個人資料刪除或停止使用。

本人同意皇冠文化集團得使用以下本人之個人資料建立該集團旗下各事業單位之讀者資料庫，做為寄送出版或活動相關資訊、相關廣告，以及與本人連繫之用。本人並同意皇冠文化集團可依據本人之個人資料做成讀者統計資料，在不涉及揭露本人之個人資料下，皇冠文化集團可就該統計資料進行合法地使用以及公布。

☐同意　　☐不同意

我的基本資料

姓名：________________

出生：________ 年________ 月________ 日　　性別：☐男 ☐女

職業：☐學生 ☐軍公教 ☐工 ☐商 ☐服務業

☐家管 ☐自由業 ☐其他________________

地址：☐☐☐☐☐ ________________

電話：（家）________________ （公司）________________

手機：________________

e-mail：________________

我對【東野圭吾作品集】系列的建議：

寄件人：

地址：□□□□□

北區郵政管理局登
記證北台字1648號
免 貼 郵 票
〔限國內讀者使用〕

10547
台北市敦化北路120巷50號
皇冠文化出版有限公司 收